Hilcrhyme詩集　RAPと抒情

言視舎

CP1

100% COTTON MADE IN U.S.A.

Hilcrhyme詩集　RAPと抒情

All lyrics written by TOC

俺たちが
俺たちであるために
（「次ナル丘へ」より）

鮮やかな色　四季おりおりの景色求め二人で It's going going on
車、電車、船もしくは飛行機　計画を練る週末の日曜日

春は花見　満開の桜の下乾杯　頭上広がる桃色は Like a ファンタジー
夏は照りつける陽の下でバーベキュー　夜になればどこかで花火が上がってる
秋は紅葉の山に目が止まる　冬にはそれが雪で白く染まる
全ての季節　お前とずっと居たいよ
春夏秋冬

※
今年の春はどこに行こうか？
今年の夏はどこに行こうか？
春の桜も夏の海も　あなたと見たい　あなたと居たい
今年の秋はどこに行こうか？
今年の冬はどこに行こうか？
秋の紅葉も冬の雪も　あなたと見たい　あなたと居たい

春夏秋冬

また沢山の思い出　紐解いて　ふと思い出す　窓の外見て
喧嘩もした　傷の数すらも欠かせない　ピースの１つ　ジグソーパズル
月日経つごとに日々増す思い
「永遠に居てくれ俺の横に」
今、二人は誓うここに　忘れない　思い出すまた蝉の鳴く頃に

苦労ばっかかけたな　てかいっぱい泣かせたな
ごめんな　どれだけの月日たったあれから
目腫らして泣きあったね明け方　包み込むように教会の鐘が鳴るよ
重ねあえる喜び　分かち合える悲しみ　共に誓う心に　さぁ行こうか探しに
新しい景色を見つけに行こう二人だけの
春夏秋冬

（※くり返し）

たまにゃやっぱり　家でまったり　二人毛布に包まったり
じゃれ合いながら過ごす気の済むまで
飽きたらまた探すのさ　行く宛
さぁ　今日はどこ行こうか？　ほら　あの丘の向こう側まで続く青空
買ったナビきっかけにどこでも行ったね　色んな所を知ったね

いつかもし子供が生まれたなら教えようこの場所だけは伝えなきゃな
約束交わし誓ったあの　夏の終り二人愛を祝った場所

（※くり返し×２）

※
決して消えぬ思い　でも後悔ない
君は俺に差し込んだ
一筋のトワイライト
でも気付いた
二人身を寄せ合うほうが痛いよ
ただ幸せだけを願い告げる
もうバイバイと

Just the two of us,
Can we talk, You gotta be..
お気に入りの曲で踊るその姿に
俺はトリコ　もちろんお前は
どんな踊り子よりも
上手に音に乗る　繋いだ手と手、
けど合わせない目と目
恥ずかしがりの俺が言う
「えっとね ..」
言葉詰まりながらも伝えた
ありったけの思いを乗せる
to da beat so
誰の助けもなく二人は
倒れないよう支え合い
過ごした束の間の幸せの日々、
同じメロディーを奏で合い
心、体　重ね合わせたけれど
今はもう離れ離れ
それでも互いに振り向かず
もう、今は二人違う曲を口ずさむの

（※くり返し）

迎えた四度目の冬は隙間無く
二人を包み込むように雪が舞う
冬が好きでしょうがないあなたに
粉雪が施した雪化粧
キレイだね　陽の光浴び輝く姿
何故かどこか儚く、重すぎた影
俺へ見せた
笑顔も雪と共に溶けて消えた
「別れが来るなら出会いなんて
無かった方がいい」
なんてそんな悲しい事は
言わないでくれよ
I gotta all I need is you
だけど書けないこの先の物語
命も宿らない言霊に
だから俺は今、またペンを手に取る
綴るこの小説のエピローグを

もう
バイバイ

（※くり返し）

歪んだ愛、無理に押し付けあおうと
出来た隙間は決して埋まらない
その耳は塞がないでいい
俺はもう二度とお前のために歌わない
十二畳一間 RC 建ての
アパートの一室に二人で作詞
眠れぬ日々、君はまどろむと
子守唄代わりに聞いてたあの曲も
「さよなら」よりも悲しい「バイバイ」
生まれ変わったならまた逢いたい
共に崩れる自我
異常なまでの愛の飢餓
そんな気がした　だからこそ今

（※くり返し）

例えば「誰か」の為、
死ねる女なんてそうはいない
誰よりも気高くて美しく生きるおまえ
俺にはもったいない
出会った頃の様に
そのままのあなた変わらずに
so fly high
最後に幸せだけを願い告げる
もうバイバイ

じゃあまたな

その目に映る光 形に留める
照明なんて要らない 落とせ
届け 心へ また誰かの下へ

※
灯せ その手 握る紅い灯火 決してその灯を絶やさずに
灯せ その手 かざし未だにここにいる
その灯火に何を願う 何を願う

Year, 分かってる お前はその秘めた思い頑なに語らず黙ってる
一向に良くならない見晴らし、言葉にも出来ない苛立ち
誰も見てない孤独の中努力 燃え盛る心ん中の蝋燭
火、絶やさず灯すこの地下で 報われるその日まで

ただ星になれるのは一摑み だが思いは伝わる人伝いに
その姿 不恰好だっていーじゃん 不可能を可能に変える魔術師《マジシャン》

誰も入り込めないよう作る自分の壁
降り注ぐ雨風、守れ灯消さぬよう

(※くり返し)

LAMP LIGHT

誰が俺を笑っても俺は俺を絶対笑わない
理解が出来ないからってその小さな物差しで測られちゃ堪らない
坂がない道なんて無い つまり毎日が選択肢 選ばなきゃ
この丘、登ろうか戻ろうか?
もしくはちょっと休んで灯そうか

確かに不安は絶えないな 枯れるまで泣いた 悪夢から覚めないなら
いっその事このまま寝ずに俺と行こう おまえなら訳ないさ

Brightness is dark my road, but I go「H」flight
道は暗いよ でも躓かないもう
オイル足し照らす道 la LAMP LIGHT

その目に映る光 形に留める
照明なんて要らない 落とせ
届け 心へ また誰かの元へ

灯せ その手 握る紅い灯火 決してその灯を絶やさずに
灯せ その手 かざし未だにここにいる
その灯火に何を願うの

灯せ その手 握る紅い灯火 決してその灯を絶やさずに
灯せ その手 そこへ届け

「おい、どうした？」
そんなトコ居ないでもっとこっち来いよ
さぁ 踏み出せ １歩勇気出し 縮めるその遠い距離を
土を掘り起こせば 大地に強く根付いたその根は
決して取れない 求めない何も このままでここにいる もうどれくらい

「咲くことをあきめた訳じゃないだろ」
種は蒔いたもう 吹き付ける風、止まぬ雨
晴れる日 じっと待っていたんだね？
育てよう上手に なってくれ誰よりも丈夫に
願いと愛込めて再度トライ　I wanna fly so high, alright?

※
俺たちはツボミ いつか花を咲かせよう
晴れのち雨、曇り 絶えず水を与えよう
ほら 地に落ちぬように 高く 高く掲げよう
空へ向かい咲き誇れ 唯一つの花へと

「ツボミのままでも美しく在りたいよ」
でもそれ以上に咲きたい 開きたい花びら
形はいびつでもいいのさ 開花
because wanna be boy, wanna be girl
その花には宿る君の魂が
色は何色にしようか？　赤、黄、青、白か？
それとも紫？　全て素晴らしい パステルに入り混じった不安と希望
作り出す真似できない 自分だけの色を…

ツボミ

（※くり返し）

精巧に作られた花より 荒々しく生きる姿の方に
目は行く そして離せない片時も 造花にはしない香り漂い
息を吸って吐く まるで光合成 俺たちは向く 太陽の方向へ
自分だけの花と誇りを持って 延びていく茎 天まで届け

1月　梅　藪椿
2月　クロッカス　菜の花
3月　菫　桃に沈丁花
4月　桜　ハナミズキ
5月　あやめ　芍薬　白丁下
6月　紫陽花　百合　栗
7月　向日葵　コスモス
8月　芙蓉　孔雀草
9月　二度咲くユッカ蘭に金木犀
10月　山茶花　パンジー
11月　柊　八手
12月　プリムラ　水仙

君の花はどれ？　いつどんな風に咲くの？　決まってない自由に
1年中様々な花 開くつぼみがまた…

（※くり返し×2）

It's my place「ただいま」久しく見せる顔に笑いが
溢れる感情 安堵感 ココで救われた何度
派手に着飾り 時に偽る　虚栄だらけの心を見透かす
唯一無二の俺の休息の場　何故君はそんな急ぐのか
言葉は拙い　欺瞞、疑いすらも包むソレは豊かに
離れていても切れない繋がり　晴れぬ暗闇　指す明かり
ただ、このままここにもうしばらく 腰下ろし寄りかかる
古びた椅子の　その背もたれに言われた気がした
「おかえり」

※
my place ただいま 私の帰る場所
my friends ココに来れば また会えるだろう
my piece 誰もが優しくなれる あの
It's my place （my place） It's my place （my place）

時に刃と化した言葉たちが 誰かの心を深く突き刺した
それは不確かで見づらいが 消えない悪夢　また耳を塞いだ
数え切れない傷を抱えても「大丈夫」と言って離れてよう
強いあなた だからこそ言うよ 「いいんじゃないの 今は甘えても」
愛する人と身固めた友も ココでははしゃぐまるで子供
普段は憂鬱な顔してるのに今はなんて純真無垢な
常に消えない怒りすらも収まる　共に歌を歌おう
帰ろうか全て終わった後で皆が待つあの場所へ

My Place

（※くり返し）

「もう少しだけここに居させて 」　こんなわがままは言えないが
遠くまで旅立つ時は心の傍らに居てくれないか
暖かくひっそりと人知れず佇む
あの場所の真っ白なソファ　鈴の鳴るドア
目を閉じると浮かぶほら　It's my place
この先どれだけの歳月が流れても
お願い大切な場所よ　どうか変わらないでいて

（※くり返し×２）

大丈夫

魔法の言葉を君に贈ろう
どんな問いにもそれで即答
安らぎを与え、不安を消し
満たす 君のその孤独も

It's alright 心配無いぜ
ほんの小さな事さ
気にも留めなくていいから
ほらねいつだって隣は俺がいる
でもどうしてもシコリが取れない

時に不安がまた君を駆り立てる
曇り空隠したように見えぬ明日へ
離すな と 差し出した手
握ったならばいいか？言うぜ？

※
俺が「大丈夫」って言えば
君はきっと大丈夫で
もし世界中が君の否定をしても
俺が「大丈夫」って言えば
君はきっと大丈夫で
俺だけが世界中の否定をしていよう

君もよく使うその言葉は
間違えて使っているようだな
本当は辛いのに辛くないふりを
して言うの まるで相槌みたいに

心配、迷惑をかけたくないと
無理をしてる君を見るのは辛いよ
積み重なったそれが顔に見えた時
張りつめた糸が切れた

泣き崩れてしまったあの夜も
辛い過去の思い出は窓の向こう
抱き寄せてまた耳元で囁こう
いいか？言うぜ

（※くり返し）

everythings gonna be alright

それはきっと私のせいと
君はまた一人で抱える
声にならない声が聞こえてる
「痛いよ」って
荷物、重たいよね？半分持つよ
I don't care
心配してくれてありがとう
でも俺は「大丈夫」です。

何も無いように気丈に振る舞い
人目を避けて一人うずくまり
聴きだそうとする事も難しい
そんな強さあまりにも辛い

世界を変えてみせる俺の言葉で
届かせる君の奥の奥底まで
何度でも言うぜ 君は決して
間違ってないと

俺が「大丈夫」って言えば
君はきっと大丈夫で
もし世界中が君の否定をしても
俺が「大丈夫」って言えば
君はきっと大丈夫で
辛いならその度言おう何度でも

そして世界は君に告げる
「あなたはきっと大丈夫」って
心を開いた君に世界中が愛をくれる
もう言わなくてもいいね
コレで最後「大丈夫」と
戻った笑顔
そのままの君で居てよ　ずっと

※
自由に書いていいぜ
自由に破いていいぜ
何度でもやり直せるこのノート
ルーズリーフに記された
君が主人公のその物語

I gatta be
I gatta be
you gatta be…

君がメインのアクターつまり主役さ
兼 脚本家 まずは台本書かなくちゃ
周りのことは気にしない
出来る話は全て君次第
ハッピーエンド
バッドエンド　良し悪し
転がしていくの？どちらに
創るストーリーをこのペンにて
誰もが人生を演じてる

「他とは違う」と周りを否定し
黒く塗りつぶした１ページ
作った壁は臆病な証
本当は入りたい仲間に
素直になれない
気持ちを書けないなら
そのページにはサイナラ
変わりたいなら明日から変わろう
それじゃあまず挨拶から交わそう
新しい自分

（※くり返し）

皆が右でも俺は左へ
長いものに巻かれやしないぜ
この目でこの耳で判断しよう
腐った世の中にワンパン
流行の服に流行のメイク
流行の髪型　流行のフェイク
見つけるあなたなりを
踏み出す新たな一歩

ルーズリーフ

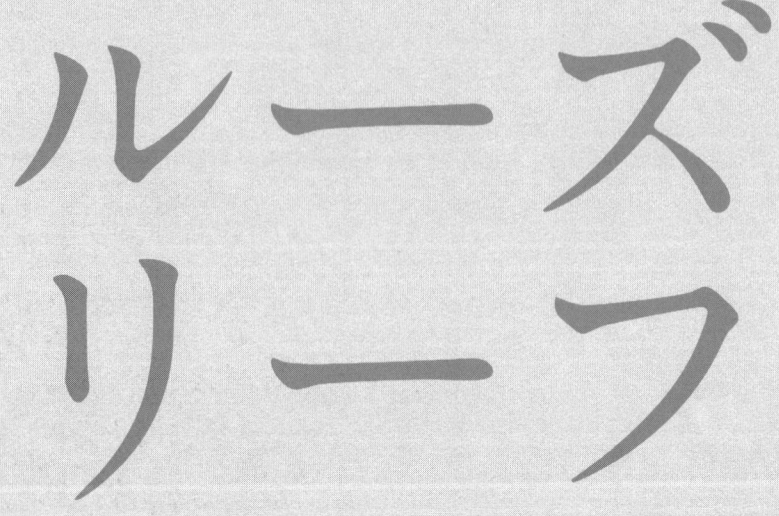

でもそれは簡単な事ではない
わかってる
皆がこっち向いて笑ってる
秘めたる思いを胸のうちに
跡が付くまでかんだ唇
心にでっかい穴が開いた
でも俺は俺を絶対笑わないさ
小さな
やつらどう思われてもいいから
変わることなく be the one

(※くり返し)

Please stand up, hands up
起立、挙手して
言いてぇんだけどその勇気が出ない
皆の視線が気になって縮まってる
try again hey! one more time yo
気にすることは何も無いよ

ヒーローもしくはヒロイン
なりたいならヒールも良いんじゃない？
とりあえず脇役じゃないことは確か
何にでもなれる
このステージでは君が
光り輝く誰より一番
my story　作りあげる
writing on da　ルーズリーフ
Let me see you but your hands up

(※くり返し)

自由に書いていいぜ
自由に笑っていいぜ
自由に泣いていいぜ
自由に怒っていいぜ
ルーズリーフに描かれた
まだ始まったばっかの君の物語
loose leaf

BOYS & GIRLS BE アンビシャス
これは少年少女の賛美歌

小さい靴で走り回った
町は今日も夕日が沈む
幼稚な頭で練った作戦を
見つけられないかくれんぼ
必死で探した砂場 泥だらけ
調子乗りすぎて横から「メー!」
家に帰り待つ温かな晩飯
擦りむき傷に貼ったバンドエイド

初めて覗いた望遠鏡に
映った世界はまるで桃源郷
そこまで行こう友達と待ち合わせる
場所は校舎裏のトーテムポール
自転車立ちこぐ全速 目に入る景色
驚きの連続 家に帰る
本当はダメなのに見てきた
桜がとてもキレイだった

※
挑戦の果てに出来た
逆上がり ah 少年時代
その公園を探していても
あの頃の俺は当然いない
君はどこ行く?
back to da BOYHOOD
叱られ流した悔し涙 足りない
枯れるまで泣いた 遠い記憶の中

BOYHOOD

真夏の夜明け輝くオリオン座
誰もいないプールに飛び込んだ
見つかってがむしゃらに走った
そりゃ悪い事もやったちっとは
けどあの日の あの時の
見た星 夏のヴィジョン
まるで昨日の様
それは教科書に載ってないが
無くさずに持ってた
まるでページをめくるように
読み返した
めくるめくストーリー
白球を追いかけた毎日
大地を踏み駆けぬけ抱いた大志
きっと誰もが持つ遠い初恋の思い出
願った この想いよ届いて
セピアに褪せた記憶に今
もう一度色を足そう
time slip BOYHOOD へ
Goes back!

（※くり返し×2）

Goes back to da BOYHOOD...

TOC INTERVIEW PART1

花は何度でも咲き誇るだろう

構成・文：高岡洋詞

インタビュー：2014年7月24日新潟にて。本稿のショートバージョンは『Hilcrhyme in 日本武道館～ Junction』パンフレットに掲載。本稿はそのロングバージョンにあたる。

ラップとの衝撃的な出会い

――大学の学園祭で先輩がラップしているのを見て衝撃を受けたのがラップとの出会いだったそうですが、どのへんがかっこいいと思いましたか？

「それまでは基本的にライヴっていうとバンドしか知らなかったんですよ。DJがいて、マイクをこんなふうに握って、かっこいいパフォーマンスをしながらステージを縦横無尽に動き回って、言葉を楽器みたいに操って……歌ってることもかっこいいし、明らかに今まで聴いてきたのと違う。それを大学の先輩っていう身近な人がやってたのがものすごく衝撃的で。“この世界に入りたい！”と思って、同じアパートの別の部屋に住んでたDJの先輩の部屋に行って“やりたいんですけど”って言ったんです」

――最初は見よう見まねみたいな感じ？

「その先輩がやり方を教えてくれました。アナログレコードのオケだけのインストゥルメンタルでまずラップを書いてみろって言われて、テーマを決めて。小節というものを学び、韻の踏み方を覚えて、フロウを自分なりにつけていく。今は入口がいろいろありますけど、このスタンダードな入り方が、今となってはよかったと思います」

――メロディアスなフロウはTOCさんの特徴だと思いますが、いつぐらいからできてきたんですか？

「2002年ぐらいにはメロディに乗ってたかなと思いますね。ラップをメロディに乗せるスタイルって当時はすごく異端で、LIBROがやってるのを聴いたのが最初だったかな。そのあとKICK THE CAN CREWとかRIP SLYMEが出てきたころには、シーンでも世間的にもわりとよく聞く話になってきて、どう考えても俺はこっちが向いてると思って。もちろん全部乗せるんじゃなくて、16小節中8小節だけ差すとか、そういうバランスは今でもとってるんですけど。全部メロディに乗せてしまうと自分のなかでのバランスが崩れるというか、あくまで基本は打楽器、ときにピアノやギターみたいなメロディ楽器にも変化する、っていうイメージなので」

――LIBROに影響を受けたんですね。

「1998～2002年ごろのシーンでメインストリームにいた人たちの音源をずっと聴いてたから、そこでラップの基礎を学んだ感じですね。最初はやっぱZEEBRAから入って……みたいな感じで、自分のスタイルを考えてたときに、FUNKY GRAMMAR UNITの志向性に近いなって感じて、その人たちの音源をよく聴くようになりました」

――当時はけっこうハードコアというかコワモテな人たちもいましたけど……。

「Hilcrhymeを結成したのが2005年なんですけど、それまではソロでやりつつ、もうひとつ別のチームに所属してて、そっちはもう思いっきりハーコーなチームでした。複数マイクはひとりでマイク握るのとは違った楽しさがあったんですよね。誘ってもらえてうれしかったし。ソロはソロで、ラップの一番のメインサブジェクトであるボースティングは核にありつつも、ラヴソングや友情を歌う曲もやりたかったんですね。まわりにはあんまりいなかったけど。で、Hilcrhymeを組んでからビジネスを考えるようになったんですけど、デモアルバムの『熱帯夜』を出したとき、どの曲が人気があったかをちゃんと分析して、やっぱりフレンドリーな曲にニーズがあるなと。音楽で食っていくためにはちゃんと商業的に考えないといけない、っていう意識は、Hilcrhymeを結成する前からありました」

――メイクマネーは昔からヒップホップの美

学の一環ですしね。
「ハスリングにもいろいろあって、アメリカだとドラッグディーラーをして稼いで、そのお金を自分の音楽に使って名を上げていくパターンをよく聞きますよね。日本ではそこまでイリーガルでダーティなことをしてる人は多くないけど（笑）、ヒップホップの思想としてのメイクマネーっていうのはこういうことかな、っていうイメージは自分なりに、ギャラは安くても、明確にありました。自分の音楽がカネになってるっていう実感を早めに持とうとしてましたね。新卒で入った会社も辞めて、音楽にすべてを賭けてましたから。それなりの決意と覚悟はあったと思います」
――実際、KATSUさんを「一緒にやろう」って説得したのはTOCさんですよね。俺が引っ張っていかなきゃ、みたいな意識はあったわけですね。
「はい。さっき話した先輩と一緒にやってたんですけど、その人が東京に行っちゃったので、KATSUくんに手伝ってもらってて。彼はもともとハウスのDJで、ラッパーのライヴDJ経験がなかったので、自分が最初教えたんです。こういうライヴがやりたいから、こういう感じでミックスして、みたいに。教えるというより、ライヴの技術を共有し合ってお互いに高めていく作業ですね。ヒップホップっていう文化は無理な人は無理、惹かれる人は何もしなくても勝手に惹かれるものだと思うので、教えるものでもないというか」

ソロでやるようになって逆にHilcrhymeのすごさを知った

――無理な人は無理といえば、Hilcrhymeほどヒップホップと関係ない人たちが聴いているヒップホップ由来の音楽もなかなかないと思うんですよね。
「そうですね。定義はいまだに曖昧で、Hilcrhymeがヒップホップかって言われたら半分ぐらいは首を傾げちゃう自分がいます。最近はポップスっていう形容も褒め言葉として受け入れられるようになったし。その葛藤は、ヒップホップにどっぷり浸かれば浸かるほど反比例して大きくなっていったというか……ソロ活動ではそれが形に表れてるんじゃないかと思います」
――かつてHilcrhymeはヒップホップリスナーにかなりDISられていましたよね。正直、僕もそれに近い目で見てたところはあるんですが、ソロデビューシングルを聴いたとき、うまいな、かっこいいなと思って。そういう評価もかなりあったのでは？
「スキルの評価よりもマインドですね。10割が敵だったのが、何割かは“こいつ、こっち側の人間なんだ”って思ってくれた。面白いことに、敵だった人がいま味方についてくれてるんです。めちゃくちゃ尊敬してる偉大な先輩に思いっきりDISられたことがあって、何も言い返す気になれなかったんですよね。そのときはやっぱりつらかったです。でもつい最近、自分の最近の活動も見てくれた上で、ちゃんと認めてくれてることを知ったんです。“俺、ヒップホップやっててよかったな”って思いました」
――ちょっと話がそれちゃいましたけど、インタビュアーもファンの方も、あんまりラップを知らない、興味がない人が多いと思うんですよ。
「もうメジャーデビュー後は振り切ってましたね、ポップスの方向に。というか、そうせざるを得なかったって感じです。せざるを得なかったし、それでいいんだって自分に言い聞かせてたし、いまだにそれが間違いだったとは思ってないし。途中で思いっきり自分の

ルーツを出したもろヒップホップな曲をやったりするのは違うなと思って。16枚目のシングルが(2014年)8月に出るんですけど(〈Flower Bloom〉)、PVには地元のヒップホップな人たちが友情出演してくれてます。でもものすごくキャッチーです。もうそこに迷いはない。誇りを持ってやってます」

——素晴らしい！　そう思えてることには、ソロでコアなヒップホップを追求できてることも関係ありますか？

「むちゃくちゃでかいです。ソロでドヒップホップをやるようになって、逆にHilcrhymeのすごさを知ったというか。主観では見づらくなってた価値が、外から客観的に見てみることであらためて認識できた。"すげえことやってんな、この人たち""なんてひとと違うことをやってるんだ""すげえな、武道館まで行っちゃったよ"って。武道館まで行ってるラップアーティストって数えるほどしかいないじゃないですか。世間のイメージはポップスだけど、TOC（ティー・オー・シー）というソロアーティストからHilcrhymeのTOCを見ると、"ラップうめえ！"って思うし。KATSUくんの音も、ポップスだけど、ちゃんとクラブで育ってきた音だし。やっぱり普通のポップスのラップの人たちとは違う。だから最近はHilcrhymeのライヴがすげえ楽しいし、曲も作ってて楽しいんです。ソロとは違った楽しさを味わえてますね」

——KATSUさんの音のどのへんがクラブ育

ちって感じなんですか？
「グルーヴですかね。リズムやメロディを組んで上げてきたときの音は、KATSUくんのトラック、って感じがあって。当然それだけじゃなくて、自分なりにポップスに昇華したり、独自な打ち込み方をしてるから。それが自分のラップと衝突するときもあるし、バッチリはまるときもあるし。だから制作はけっこう大変ですね」
――TOCさんはヒップホップの社会からちょっと距離を置きたいほうなのかなってイメージもあったんですけど、どうでしょう？
「最初はありました。この地にはこの地のシーンがあって、思いっきりメインストリームのハーコーな人たちがいて。俺も出張みたいな形でそこに属してたんですけど、あるとき、ちょっとしたきっかけで"俺はもう抜ける。Hilcrhymeで食っていくことを目指す"って言って。自分のスタイルは違うなと思ったし、KATSUくんは10年以上苦楽をともにしてきた本当の仲間だから、そいつと上がりたいと思ったし、曲には自信があったし。それで一時、距離を置いてました。ただ、メジャーの世界に出るとシーンが全国に変わるじゃないですか。となるとまた話は別で、俺が聴いて育った先輩たちも巻き込んだシーンだから、これは俺のよくないところなんですけど、そういう人たちからは認めてもらいたいっていう卑しい自分がいたのは正直ありますね。新潟のハーコーな人たちと、ZEEBRAさんだったりRHYMESTERだったりも、みんなつながってるんですよ。ここは決別したけど、ここには認められたいみたいな」
――卑しいとは思わないけどな。みんなそんなもんでしょう。
「まあ、ケンカしたから決別しちゃったんですけどね。でも最近、ソロでやっててすごく思うのは、スキルやアティチュードも大事なんですけど、いちばん大事なのはリンクなんですよ、人と人との。ヒップホップは特にそれを重んじる文化で、当時の俺はそれがわかんなかったんですね。すっごい軽視してました」
――音楽だと思ってたら音楽以上のものだったみたいな。
「俺は音楽だと思ってたんですけど、そうじゃなかったんですね。もしリンクがあったら、どんな曲を歌ってても貶されはしなかったと思うんです。ソロ活動でいろんな各地のやつらとリンクしていって、いまはそのありがたみがわかります。かっこいいなって思う人は、どんなことをやってても応援したくなるし。公然とDISるんじゃなくて、信頼関係に基づいて直接"違うと思うよ"って言ったりもできるし。人と人とのつながりを今はすごく大事に考えてますね」
――ヒップホップって自分が出世するとフッドの仲間を引っ張り上げますよね。
「フックアップっていうんですけど、その精神がまったくなかったです。だって誰も俺らをフックアップしてくれなかったし、そうやって育ってきたから、フックアップに乗っかって上がるラッパーなんか大嫌いだ、あいつにかわいがられてるからってなんでおまえがでかいステージ上がってるんだよ、って思ってました。今はそうは思ってないです。人間力がいちばん大事だと思うし、それが音楽に反映すると思うし」
――フックアップへの違和感も真っ当だと思うんですけど、今のTOCさんはそういうものを一回すべて含んだ上で受け入れられてるんですね。大人になったみたいな？
「大人になったし、音楽の楽しみのひとつでもありますよね、リンクって。むしろ今はそれを求めてクラブに行ったりしてるし。また誰か面白いやつと出会いたいとか、あいつとしゃべってみたいとか。もちろん色眼鏡で見られることは多々ありますけど、それもむしろ僕にとっては、怖いけど、快感でもある」
——それは今やってることに自信があるからですよね。
「そうですね、はい」
——3年ぐらい前だったらイヤだったかもしれないし。
「耳ふさいでたと思いますね。今はいい状態です」

Hilcrhymeはなんでもやっていいと思うから楽しい

——さっき最初から売れることを意識していたって仰ってましたけど、それもありつつ、Hilcrhymeは TOCさんにとっては実験の場みたいな性格もあるんじゃないかと思うんです。例えば〈Lost love song〉みたいに女言葉で演歌的な世界をラップで表現した人って過去にいないんじゃないかと。
「そこを聴いてくれるのはうれしいです。実験の場って仰いましたけど、まさにその通りですね。Hilcrhymeは何でもやっていいと思うから楽しいんです。もう下なんてないから。どん底を見てきたから何でもできるんですよ。それがHilcrhymeの強みですね。最高に楽しいです、今は」
——DISるならDISってみろと。
「うんうん。罠と思ってもらっていいぐらい。何でも来てくださいよ、全部ソロで返してあ

げますよっていう。僕、ヒップホップ畑で嫌いな人ってひとりもいないんですよ。DISられても好きなんですよ。それぐらい同じ文化にハマってる人間を愛してるし、DISる気持ちだってわからなくないから。俺自身“あいつ……ないわ〜”みたいなアーティストはいるし。だからこそDISられたらちゃんと面と向かって話したいし、曲で来るなら曲で返したいし。ただそういうのはソロで全部やって、Hilcrhymeは自由に実験したい。面白いのは、ソロを始めてから“実はHilcrhymeいいと思ってたんだよ”って言うやつがめちゃくちゃ多いんですよ。いま言うんじゃねえよと。それをあの当時に言えるのがヒップホップだよって逆に言ってあげるんですけど(笑)」

——TOCさんと少し立ち位置の似たラッパーとしてSKY-HIがいると思うんです。AAAでポップなことをやって、ソロでコアなことをやって。彼のことは意識します？

「SKY-HIとはここ1年くらい仲いいんですよ。こないだもAAAで新潟に来たとき連絡もらって、次の日コンサートだから遊べなかったんですけど。彼は俺の今の活動の指針となった男です。最初のアルバム（『SKY-HI Presents FLOATING LAB』）はインディーズだったじゃないですか。AAAでメジャーと専属契約してるのに、どうやってインディーズで出せてるんだろうって思って、ユニバーサルのA&Rに相談したのが始まりなので。そしたらユニバーサルは“インディーズでやれば？”って（笑）。たぶんあんまり売れないと踏んだんだろうし、“うちだと縛りが強いからインディーズでやったほうが好きなことできるよ”って。半分複雑でしたけど、いいとことディールできて楽しくやれてますね」

——TwiGyとも一緒にできたしね。

「俺があの世代でいちばんフロウが好きだった人なんです。新潟にツアーで来たときに挨拶しに行って、2年後の今年ようやく一緒に曲を出せて。もちろんあれもすごい反響でしたね。TwiGyさんの音源を聴けること自体がすごい久しぶりだったこともあって、ヒップホップファンはけっこうざわめいてましたね」

“流行の音”を否定的に捉えない

——さっきちょっと話題に出た〈FLOWER BLOOM〉ですが、迷い苦しんだ時期を乗り切って、二つのプロジェクトをうまく並行できている今のTOCさんの自信と充実感が表れているんじゃないですか？

「表れてますねー。サビはキャッチーだし、メロディアスなトラックだし、もちろん一般層をターゲットに作ってはいるんですけど、でもこの歌詞は新潟のやつらはわかると思うし、もちろんミュージックビデオもひとりひとりそいつらのとこに自分で行って撮影してきたし。この曲は僕はヒップホップだと思ってます。さっき、Hilcrhymeがヒップホップかって言われたら半分首を傾げる、って言ったじゃないですか。だけどもう半分は、この曲があったりするんです。過去の曲で言えば〈ルーズリーフ〉もやっぱりすごくキャッチーなんですよ。ドラマのタイアップ曲でもあったし。でも歌ってることはめちゃくちゃボースティングしてるんですね。自由にやっていい、誰に中指立てられてもbe the one、俺は俺でありたい、と。結局、俺はヒップホップ畑しか知らないから、どれだけポップスを意識して書いてもどうしても残るんです、臭いが。でも完全にポップスじゃないっていうのがHilcrhymeの武器だと思ってます。〈FLOWER BLOOM〉はいいタイミングにいい曲を書けたなと思ってます。“花は二度咲き誇るだろう”っていう言葉を入れたときに、うちの社長とかは“ずっと咲いてるじゃん”って言ってくれて、でもやっぱり〈春夏秋冬〉の時期にメディアに出まくって、街を歩くとワーッと人だかりができたりとか、そういう自分の過去もあったりした上で、自然と出てきた言葉だから。ちょいネガなんですけど、最終的にはすごくポジティヴな曲になってますね」

——いちばん印象に残ったのは“花は二度咲き誇るだろう”の前の“形を変え”ってところです。成功の形が増えたのかなと。数売れることはもちろんひとつの形だけど、そうじゃない形もあるよって。

「あれもすんなり出てきた言葉なんです。だいたい俺は狙って書いてないというか、後づけ的に説明をつけるんですけど。いま思うのは、音楽って進化していくものなんですよね。時代の音ってあると思うんです。いまクラブで流行ってるのはトップ40、EDM、ダブステップ、トラップ。たぶん30年前はディスコがあって、その後にはヒップホップ、ハウス、ユーロビート、サイバートランス……でも流行りの音って否定的に捉えられがちじゃないですか。俺もそうだったんですけど、考え方が変わったんです。時代の音をむしろ肯定的に捉えて、例えばトラップに自分のラップを乗せたら面白えだろうな、とか、そういうふうに見れるようになって。地元に“フロアの神様”って呼ばれてる人がいるんですけど、どの時代のフロアの写真を見ても写ってて、60代の今も週末は踊ってるんです。その人の言葉だったんですけど、“おまえヒップホップ好きなのはわかるけど、いま時代の音はそこじゃない。そこを否定的に捉えてるおまえらは全然クリエイティヴじゃない”って。俺、すごいハッとしちゃって。“じゃあもうヒップホップは流行んないんですか？”って訊いたら“流行るだろうね、形は変わるけど”っていう言葉が出てきたんです。それが歌詞を書くときに出たんでしょうね」

——そこで神様が宣った言葉って、僕のなかではアミリ・バラカの本に載ってる"The Changing Same"って言葉に通じるんです。黒人音楽の特質を表した表現で、“変わりゆく同じもの”と訳されてて。音は時代時代で変わるけれども、ソウルは変わらずにあると。

「すごい。ドンピシャでそれですね。それってたぶん音楽じゃない分野でも言えることだと思うから、Hilcrhymeのサビとして正しい立ち位置にいますね。音楽層だけに向けて歌ってないので。というか、メジャーで商業ベースでやるんだったらむしろ音楽層は二の次だと思ってて。同業者からのリスペクトとか支持はすごいうれしいけど、ぶっちゃけそれだけじゃ食えないし（笑）、食っていくってそんな生半可なことじゃないっていうのはずっと昔から思ってるから。一般の人が感動しないと意味ない。でも、それを優先しすぎると音楽的ストレスが溜まるのは3年前に経験してるから。今はそのバランスがちょうどよくとれてるから〈FLOWER BLOOM〉みたいな曲ができたんだと思います」

——実際にごはんを食べさせてくれる人たちを何よりも大切にするのは当然で、絶対に手を抜いたり聴き手を見下した曲を作ってはならないですしね。

「そうなんですよね、本当に。そこのバランスがうまい人たちが今イケてるのかなって思いますね。m-floのTAKU TAKAHASHIさんがツイッターで“ビジネスですからニーズにお応えするのは当然です。ただ、ニーズに応えるだけで、新しい提案をしてかないと、最終的には自分の首をしめることになるんじゃないかな”（5月31日）ってつぶやいてました。ニーズに応えつつ、必ず新しい何か、実験的な何かを入れる。やっぱりm-floは今もイケてますよね」

——TOCさんのラップは例えば韻の踏み方とかも独特ですけど、ふっと出てくるものなんですか？

「韻は探すんですけど、フロウは自分の感覚で、ビートから得たインスピレーションで乗せてます。そこに自信があったから今までやれてるっていうのはありますね。ただソロではその自分のラップスタイルを崩そう、崩そうとしてて、そっちはそっちの実験があるんです。それがきっとHilcrhymeでも生きてくるし、Hilcrhymeでやってる実験がソロのほうでも生きてくるし、お互いのメリットを共有し合ってる感覚がありますね」

——なんかやたら楽しそうだなあ。

「めっちゃ楽しいですよ！　ライヴが特に」

——TOCさんはいつも“ライヴをやるために曲を作ってる”って言ってますよね。それくらいライヴが大事だし好きなんですね。

「もちろん。ライヴやらないんだったら曲作ってないです。お客さんがいるから楽しいんです。ライヴはセックスだから、盛り上がることが正義だと思ってます。自分だけ気持ちいいオナニーじゃないんで」

ページ1
全国を繋ぐ線路　待ち合わせ
飛び乗る車両は先頭で書き並べる
締め切りは明日まで　あぁもう間近
でも弱音は吐いちゃダメ
各地で先導
アテンドしてもらい俺たちは演奏
嗜む名品に名産から定番中の定番
そしてたまに掘りあてるぜ
この地だけの名盤

laid back　そんな暇など無し
この時期を今か今かと待ち
全ての経験が力となり
縛られぬ自由気まま育ち

乗り込むタクシー
方角もわからぬまま
現場にて戦うただ
書き記した全文を
読み上げようか
押韻見聞録

※
大地と共に踏み続けたこの韻を
使い表す信条
書き足すまた　足りない
まだまだまだ
さらにまた磨き上げてくこの韻を
ばら撒いて徐々に浸透
編み出す技　足りない
まだまだまだ

ページ2
真黒になったスニーカー
とんだスピーカーのツイーター
旅の始まりからどれだけが経った
一年弱？それだけかたった
四七の境目　また跨いで
空路の時は羽ばたいて
充血の赤い目擦りながら
見せるテク　マイク職人肌

押韻見聞録

終着の地は日本のど真ん中
上げる声をここでも甲高く
どこよりも熱い熱気と冷たい風
まだ崩せない壁
変わらず持つ左手の拡声器一つで
切り込んでいく各ステージ
聞こえるか？絶やさぬこの声
願わくばあなたの耳元へ

（※くり返し×2）

まだ書き飽きない書きたい
痛み抱いた歌詞達がいた
キラリ光が差すくらい磨いた未開拓
のフロー（フロー）開いた今視界が
自宅のスタジオのマックをタップ
にらめっこするトラックとラップ
この物語もちろんノンフィクション
押韻見聞録 on キックとスネア

（※くり返し）

まだまだまだまだまだ…

025109 からまず行こう

あっどうも TOC です。
はじめまして
そのお手元の歌詞照らして
自己紹介 3 人兄弟の末っ子
血統書無しの駄馬だがサラブレッド
生まれは 10 月の天秤座
搭載されたこの V8 のエンジンは
81 年式 他と線引き
役者が違う 2 時間を演じきる
チームを統括かつ包括
フォーカス合わせてただ創作
模索の末に定まった方角
全速で走れる ようやく
待ちわびた走り出しの合図
見逃すな 俺のおよそ意味の無い
喜怒哀楽へ
エンターテイメントへと昇華
皆様どうでしょうか？
どうでしょうか？
後に続け

※
Microphone Conductor
シリアルナンバー 1 と 0 と 9
短くリリカルかつシリアス
耳貸すまで日々響かす
bring me this, that 各拡声器
シリアルナンバー 1 と 0 と 9
日々書く意味ある言葉オリジナル
シリアル NO.1 と 0 と 9

No.109

日々進化中（RAP）
決してしない（TAP）
溺れそう（あっぷあっぷ）
ほらどうした？
もう必要なの？　息継ぎ
君もうじき尽きる
俺は毎日篭る秘密基地
何より肝心さスタミナ
Dancing da party up
さんピンで Camping 騒ぎな
バースを KICK する楽しさ学び
皆がティンバー 俺クラークスワラビー
I wanna be, I gotta be stronger
ゲストを食うつもりで挑んだ Front act
まず振るうタクト 右手見立て
10 年経ってようやく染みてきたぜ
ほらまたメロに乗せるトピックとテーマ
書き出すリリックとデータ
声がだめなら魂を枯らそう
手に持つ My mic 空に翳そう

（※くり返し）

宣誓 我は我のまま暴れます
誰が我を語る 誰だって疲れます
世界で 1 番イカした
男と女から授かりました
生とこの声が誇りです
ありがとう 今日も誰かへ届いてる
出す 2 枚目 デジタルに回転
遊ぼうや このアルバム 2 枚で
ずらした半拍 鳴らしたカンカン
慣れりゃ簡単 だんだん難しく
飽きるまでやる一生飽きない

商いを続けようか

（※くり返し）

その濡れた香りを嗅ぐと思い出す
忘れてしまわないように
Shampoo 香る まるでフレグランス

また誰かとすれ違う
かおる香り
不意に無意識辿る過去に
色も褪せたそのヴィジョンに問う
思い出したいの？したくないの？
自問自答
香水よりも強烈に残る 鼻に頭に
会いたくなるあなたに
あそこ行けば・・・
ここ歩いていれば・・・
もしかして会えるかもしれない

It's flash back 残るジレンマは
remember that days
本当はもう消してぇんだ
Try again 試すデリート そう何回も
でも何故このファイル無くなんないの？
ちょうど出会った季節の頃に
あなたは去った 香りだけ残し
部屋、トイレ、風呂場も探した
誰もいない家にただいま

Shampoo

※
その濡れた香りを嗅ぐと
思い出す 忘れてしまいたいのに
変わらぬもの
今も使い続けることは辛いけど
その濡れた香りを嗅ぐと思い出す
忘れてしまわないように
Shampoo 香る まるでフレグランス

ねぇ、
ガラス張りのバスの湯気のむこう
恥ずかしくて見れない上を向こう
長い長いその濡れた髪はまるで天女
横で俺は少しだけ演奏
できない直視 寝れない僕に
そっと寄り添い迎える翌日
朝のコーヒー 飲み干したら
待つのは残酷な程の遠い距離

同じもの使い出したシャンプー
君が近くにいる気がした
切らしたら買い足した ah
俺を満たした香り それも今は過去に
でも離れない離せない 既に
俺にも欠かせないなら
いっそこのままで

（※くり返し×2）

欲しいのはＸＹＺ
手にしたいＸＹＺ
届かないＸＹＺ

まるでおもちゃが詰まる宝箱みたいに
ひとつひとつの欠片埋めてく
パズルみたいに
ラム ホワイトキュラソー
レモンのカクテルみたいに
上手く混ぜ合わせて
世に放つ my beats

これ以上は無い だってしょうがない
超えちまった
またも限界のボーダーライン
されどまだ続けたいのさ 物語
未だ消えぬ炎 自らをオーガナイズ

まだ早い結末は 決めるなかれ
広い畑 あれもこれも手付かずさ
全て耕そう かっさらおう
木を見ず森を知るのはこれからだろう

それでもきっとかかる一生
だから速度上げる一歩
こなすミッション コンプリート
誰もが無理と言うのならば
俺が今、先陣を切って実証しようか

※
羅列されたアルファベットの最後には
一体いつ辿りつけるの？
影も形も見えぬその姿 それでも
ABCから始まり未だ I don't give up
一体、今どこにいるの俺たちは？
いつかは届くかな？
欲しいのはＸＹＺ
手にしたいＸＹＺ
届かないＸＹＺ　ＡＢＣから
求め続けたＸＹＺ
握ったままのＭＩＣ
願いを込める stand by me
欲しいのは… 欲しいのは…

X
Y
Z

ガキの頃
夜通しハマったゲームのように
素材に対し調理していく料理のように
ピッチャー　キャッチャー　内野 外野
野球のように共に高め合い
世に放つ story

輝いて見える過去の遺産に
縋り付いた 怯え声が届かない
ぬるま湯に浸かり浮いた
楽なのは一時さ　ほんのちょっとの間
過ぎてすぐに待つ失意のどん底

迷うことはない　こっち来ればいい
上も下も辛いならば上を向けばいい
俯かず生きろ 自分に嘘はつけない
時に俺がこの声でしてやるぜ助太刀

他人に分からぬ自分だけの感覚
それだけを信じて stand up さぁ
手にいれたその別世界の地図
そこにきっとある X と Y と Z

（※くり返し）

デタミネ

刻んだ時はチクタクと
余裕ならあるぜ幾許の
って君は一体いつやるの？
実際、四苦八苦重ねた どれくらい

知ってるだろ？
他人には軽くつけた嘘
また誇大したステータスを
誰かに示し 必ず後に
比例して襲いかかった空しさ

気付かない振りをして
過ごすのはたやすい
潜む後ろめたさは明かさずに
日を追うごとに増す心の痛みと
不安の動悸は止まずに

明後日じゃなく明日
明日じゃなく今日
先延ばしにするのはやめよう
その錆びた心の扉開くのは
今しかない

今

※
なりたいものはなんだ？
やりたいことはなんだ？
繰り返した自問自答
こんなもんじゃない
ほらまだ ほらまだ いけるだろ？
立ちはだかる昨日
越えたなら さぁ明日に行こう
その自らの意思で走り出す
don't stop
run this way with
デタミネーション

ーション

こなした数々の経験が
もたらした物は永遠さ
時に浴びる拍手喝采
もしくは強烈な罵倒
駆け巡る走馬灯

見えない壁に囲まれた
それでもひたすらにただ憧れた
あの場所へ行きたくて
全て犠牲にしても
未だに辿りつけない

いつだって fresh かつ free
my B stance 保って get back し
rhyming したいんだよって
魂ならば侵せない
心の奥の奥底の奥 閉まってる

目眩む時代に普段守ってる
結末に対し不安は持ってる
今を必死に生きたなら
見える気がした

未来が

（※くり返し）

決意を持ってココに立つステージ

成せば成る 成らねば成るまでやる
成るならやらねば やるなら成らねば
大事なのは never changing forever
金が付いてくればなお better
wo make money 誰もが
拾えるチャンスならゴロゴロ 稼ごうや
些細なことさ食えるかどうか
何があろうとぶれるな no doubt

（※くり返し）

no one

no one…

交錯した思いは迷彩
でも根底にある想いは明快
day by day 隣の人と手繋いで聴こう
要らぬ四の五のは
書き出して選んだ手探りの言葉
この世界でゆっくりとほら描いてく

今、湧き出る感情は一体誰の為のものか
きっと形は違えど鳴り響く一つ鐘の音が
拭いきれない悲しさとそれすら拭う優しさを
互いに照らし重ね合わせ分かちあおう

「人は独り」だからこそ
側にいる人を大切に思うのでしょう
それを「人は一人じゃない」と
言葉を変えてまた歌うのでしょう

夜に怯えるあなたは一人で
毛布にくるまい暁待つ 人知れず
思い出す顔共に見た場所
いないのに覗いた窓
無数の星きっとあなたも見てる
それを想像するだけで楽しいね
静寂の月夜の晩に
今はただただ その身を案じ

行けることならばこの身を捨てあなたの元へ
抱えきれない程ならばいつでも私を求めて
細い細い糸で繋がってる
絵や音でほらまた伝わってく
只の他人の一人なのに
何故こんなにも愛しい

「人は独り」だからこそ
側にいる人を大切に思うのでしょう
それを「人は一人じゃない」と
言葉を変えてまた歌うのでしょう

no one... ほらごらん
no one

「人は独り」だからこそ
側にいる人を大切に思うのでしょう
それを「人は一人じゃない」と
言葉を変えてまた歌うのでしょう

それは君だけの色 誇れ
「独特で なんて個性的」だと
１つとして同じものはないよ
混ぜ合わせた
そのパーソナル COLOR

右向け右　着いて席に
ほら前ならえ　堪え難い
そこに何の疑問も持たずに
その身その心を動かす気？
隣と同じ事確かめて得た安心
よりも示せ関心　様々な COLOR
一人一人 持ち合わせた色とりどりを

時に思っちゃう 誰かを羨ましいと
「あいつはああなのに 俺はこう」
でも誰かと比較する事など
くだらない ねぇ
する事は１つ 自分が自分で在る事
そうだろ？

それは君だけの色 誇れ
「独特で なんて個性的」だと
１つとして同じものはないよ
混ぜ合わせた
そのパーソナル COLOR

時に淡く 時に儚く
闇の中では一段と輝く
放つ光 まるで蛍光
憧れては はまる迷路
破壊と創造 繰り返し
定める方向 競争 狙うは頂上
もっとみたいのさ違う景色を
また新たなものこの手に拾う

君は何色？
オリジナルカラー決して
他の色に染まるな
君は何色？
練り込み作り上げるその作業怠るな
赤×青で紫のように
合わせ作った色も素晴らしい
他と違うって何故に俯く？
唯一無二こそが心くすぐる

パーソナル COLOR

それは君だけの色 誇れ
「独特で なんて個性的」だと
1つとして同じものはないよ
混ぜ合わせた
そのパーソナル COLOR

「赤」火や情熱を象徴
溢れるエネルギー 生命の高揚
「青」海や空 リラックス
冷静で沈着 知性の色
「黄」希望、光の象徴
躍動感 志向は上昇
「緑」植物の葉
バランスの調和 良識に富む
さぁ君は何色を描く？
何色を選ぶ？ 選べる無限に
きっとどれが正解なんてない
大事なのはそこじゃなくて
誇れるかどうか
パステル手で持ち
塗ったくった キャンバス
fantastic. It's the 1verse.
あなたが描く事に意味ある
シリアル no.0 オリジナル

それは君だけの色 誇れ
「独特で なんて個性的」だと
1つとして同じものはないよ
混ぜ合わせた
そのパーソナル COLOR
俯かずに胸を張って誇れ
独特でなんて個性的だと
this is パーソナル COLOR また求め
歩けばいい自分を信じて

I rap for my men
俺とおまえには無い境界線
おめでとう 今日 大恋愛を経て
この素敵な教会で
見せてもらった 一人前の男の誓い
それじゃあ受け取れ 俺からのお祝い

※
友よ こんな俺と共に居てくれて
本当にありがとう
さらば 青き春の頃に
落ち着いたら皆で会いましょう

今日は今までで一番の無礼講
なぁ マイクラスメイト
チャリで並走 家路まで
ぎこちなくとったコミュニケーション
地元どこどこ？ 何中？ ah
互いに決して高くないIQ
誇らしげに見せ合った
ブランド品 パチモンの財布

ダボダボのスラックスにYシャツ
逆らうことで何故か得た快楽
青い時代に気が合った
遠慮などは一度もしなかった
あの頃の思いも
今なら言える

（※くり返し）

酒を交わす また夜通し
三十路過ぎて未だに宅飲みか
いつまでたっても変わらない
幼い笑顔が真っ赤に染まる

友よ

祝福の賛美 ここに記そう
今日のよき日 でも
まだ酔えない俺は 幹事
裸になっちゃって踊りたいくらい
HAPPY DAY けど
ちょっと BAD DAY
寂しさはある「ちょっと待って」

言えない言葉 当たり前
門出に浮かない顔はマジだせー
今日は俺が脇役の立場で
盛り上げる 皆さぁ輪になれ

(※くり返し)

もしどこかで俯くなら
またそこまですぐ行くから
お決まりの面子で夜が明けるまで
囲むテーブルで気が晴れるまで

昔 お前がそうしてくれたように
幾度もそれで取り戻した正気
いつでも一番の相談の相手
隠すことはなんもないぜ

なぁ友よ 満ち溢れてる
この新たなスタートに
もちろん今まで君を見た中で
今日が一番かっこいい

友よ 少し照れくさいけど
心の底から言う「おめでとう」
神よ いるならば お願い
この二人に最高の祝福を!

(※くり返し)

またやってしまった　こんなはずじゃ
あ〜あ 時よ戻れ
後悔は先に立たず
なら君はこれから何に変わる？
放っておけばたちまち閉じていく
またネガティブになりがち
面倒くさい　わがまま　自分が大嫌い
でも…本当は愛したい

ちょっとずつでいい
晴れた日に出かけよう 気分は上々
いつもと違うサロンへ GO
いつもと違う髪型 頼んでみよう
お次はショッピング
少しタイトなパンツにブーツ
um… It's so good!!
言われた気がした
「Don't give me up」
鏡の中の私にコンニチワ

Changes

※
君が変われば世界が変わる
世界が変われば明日が変わる oh
好きになろう 自分を
確かに変わる事は怖い でも
君が変われば明日が変わる
明日が変われば何かが変わる oh
change your life. too easy
嘘じゃない 嘘じゃないぜ

少し早めの good morning
プレイヤーぶら下げウォーキング
すれ違う人とも挨拶
「いい天気ですね」と少しの会話
戻ったらチェック 今日の運勢
3位。良い感じ
ラッキーカラー紫のアイテム
色の入ったストールを巻いて

まるで溶けてく氷のように
捉われていた何かが消失
内面も外見も変化 でも変わらず
こだわりは持ったまま
やりたくないならやらなくてもいい
疲れるからやめた 背伸び
無駄に使いたくないメモリ
変わっても良い ただしぶれずに
描く my theory さぁほら

(※くり返し×2)

※
何かにいつも強がって
何かにいつも怖がってる
大きな牙を隠し持った
臆病な狼
何かにいつも強がって
何かにいつも怖がってる
大きな声で争い避ける
臆病な狼

照す光すらも無い闇夜
まるで荒野のような街を
ただ闊歩 ただただ颯爽と
白い目 黒い目気にせずまた闊歩
抜ける雑踏 いの一番
鋭い眼差し 広い視野
持った冷と静と沈着な
狼がまた何か企む

振りたくても振れない尻尾
てか振りたいと思わない一生
誰かに飼われるくらいなら
この世界からとっととサイナラ
示す自分の意思を
レールにそらない道を
俯かずに生きよう
未来は己の手に託した
首輪ならとうの昔に外した

（※くり返し）

臆病な狼

2006.6.9 birth
俺にはこれしかないはず
心の奥底灯す松明
足跡無い道なき道を開拓

受賞した各賞 起こしたアクション
下らぬファクションなんてすぐ削除
してる覚悟持って創作を
一度 降ろしかけたタクト
俺は雑種 背景は無く
打ちのめされても再生果たす
ボロボロの体 傷口を舐め
癒えたなら即立ち向かえ

誰よりも臆病で
争いを避けるため出す声
ほら躊躇してる隙に
駆け抜ける丘の向こうへ
日々牙を磨いた
その切れ味に恐れを抱いた
強さを知り弱さを知ってる君は
勇ましくも気高く誇り持った狼

（※くり返し）

Oh Oh Oh Oh Oh ×3

臆病な狼たちの雄たけび

Oh Oh Oh Oh Oh ×4
Oh

KATSU INTERVIEW PART1

いいもんはいい、好きなようにやったっていいじゃん

構成・文：高岡洋詞

インタビュー：2014年7月24日新潟にて。本稿のショートバージョンは『Hilcrhyme in 日本武道館～ Junction』パンフレットに掲載。本稿はそのロングバージョンにあたる。

——このスタジオに移ってどれくらいですか？

「なんだかんだで3年ぐらいですかね。それまでは自宅の6畳ぐらいの部屋で、ベッドとパソコン置いたらもう何も置けないみたいなところでやってて、さすがにその環境はきついなと思って（笑）。ここに来てからはめっちゃ快適です。広さもちょうどいいし」

——ここで数々の曲を作られているわけですが、曲ってどういうふうに作ってるんですか？　僕自身含めて、やったことない人には全然わからない世界なのですが。

「俺はもともとDJで、バンド活動もまったくしたことがないので、曲を作るっていう概念もなかったんです。『熱帯夜』っていうイベントをやってて、TOCと知り合って、5人ぐらいで活動してたんですけど、うちの兄がバンドマンで、楽器やレコーディングの知識がすごくあったので、いろいろ教えてもらってました。TOCの当時の相方は俺の友達だったんですけど、最初はアナログの12インチのB面に入ってるインストゥルメンタルヴァージョンを使ってラップしたりしてたんです。“レコーディングしたいけどどうやればいいのかな”“兄ちゃんに訊いてみるわ”って言って訊いたら、使ってないMTRがあるからって貸してくれて、イベントで歌う曲をレコーディングしたり編集したりしてました。『熱帯夜』が終わってからTOCと二人でやり出したんですけど、初めはインストを切って貼ったり、構成を組み替えたりしてて、ちゃんと曲を作ろうって話になったらまた兄ちゃんにDTMを教えてもらって」

——Hilcrhymeをやることになってから DTMを始めたんですね。

「小学校のとき、家にMSXっていう子供向けのゲーム主体のパソコンがあったんで、実はわりとちっちゃいときからパソコンはやってたんです。中学のときはエプソンのPC-486みたいなMS-DOS系のパソコンとか。ほとんどゲームとベーシックぐらいですけど、ゲームがすごく好きだったんで、Singer Song Writerっていうソフトでゲーム音楽の定番を自分で打ち込むぐらいのことはやってました。まあ中学生なので、楽譜を見てそのまま打ち込んだり、音色を変えて“おお、すげえ”ぐらいのレベルですけど。高校からは全然パソコンはいじってなかったんですけど、何でも兄ちゃんになるんですけど（笑）、KORGのTritonってあるじゃないですか。母親がピアノ教師なので俺も小学校の1、2年くらいまでピアノをやっていたので、とりあえずキーボードがあれば何かできるだろうって思ってそのTritonを借りてやったんですけど、10年以上やってないから全然弾けなくて（笑）。ただ“こういう曲がいいな”っていうイメージだけはあったから、それさえあれば何か作れるかなと思って、打ち込んでマウスで動かしていけばいいっていう楽観的な考え方で、好きな曲のビートをまるまるコピーして、同じ位置にキックとスネアをつけたりして、そのうちだんだんと自分でもっとこうしたらいいとか工夫するようになりました」

——DTMを始めてからは？

「DAW（デジタル・オーディオ・ワークステーションの略）を使うようになってからは、最初はSONARってソフトだったんですけど、それがある程度使えるようになったらけっこうイメージを形にしやすくなりましたね。とりあえずTritonにはパーカッションから上物までひととおりソースが入ってるから、それとSONARだけである程度地盤が固まったっていうか。当時作ってた音源はほとんどSONARとTritonだけで、プラグインとかもほとんどなしでやってました。今のソフトシンセとかと比べると音質は何ともいえない感じですけど、味はすごくあったと思います」

曲づくりの「秘密」

——それで曲を作っていったわけですね。

「最初にまともな形になったのが〈LAMP LIGHT〉って曲で、それまではサンプリングとか切り貼りでやってたのが、初めてTOCも“あ、これなら全然歌える”って言ってくれて。イメージさえあれば形になるなって思って、次にできたのが〈もうバイバイ〉でした。すべての基準は『熱帯夜』っていうか、3年ずっとレギュラーでやってたから、こういうのがウケてこういうのはウケない、っていうのがある程度わかってたんですね。で、TOCのライヴもずっと見てきてたから、こういうのが向いてる、こういうのをやるとウケがいいといったノウハウを蓄積してたんで、それを生かして〈もうバイバイ〉を作ったんです。TOCもすげえ気に入って、これはインディーズで出そうってなって、いろいろ調べたりして、結局いろんな知り合いづてで社長に出会ったんです」

——それでインディーズ盤の〈もうバイバイ〉を出して、次はもう一気にメジャーデビューですよね。

「俺はずっとDJをやってて、TOCと一緒にやることになってから曲を作り出して、すぐインディーズで出したんですね。その前にデモアルバムの『熱帯夜』がありますけど、あのトラックは人の曲を使って編集しただけだからオリジナルじゃない。俺のトラックと言えるのは〈もうバイバイ〉と〈LAMP LIGHT〉か

らなんですよ。で、その次はもうメジャーで——って言うとすごいトントン拍子に聞こえると思うんですけど、実は1年ぐらい二転三転してるんです（笑）——話が決まってから、まずEQさんっていうアレンジャーがついたんですね。あと近藤さんっていうディレクターと。右も左もわかんないなか、どんどん曲を作っていこうってなったんですけど、それまでずっとひとりでやってたからEQさんと一緒にやるのもまったくわかんなくて、俺はディレクターの指示通りにやってたんですけど、自分が作ったものをEQさんがアレンジすると、すごくかっこいいときもあるんですけど、“これは違うな”っていうことも絶対あるじゃないですか。それで元に戻したり、別のところを変えて、それをさらにEQさんが変えて……っていう行ったり来たりの作業がけっこうやりづらくて。ディレクターの判断で、こいつらは二人だけでやらせたほうがいいってことで、途中からはアレンジャー抜きで、俺がトラックを作ってTOCが歌を乗っけて俺が仕上げる、っていう形でずっとやってます」

——最近は外部のトラックメーカーを入れたりもしてますね。

「この2年ぐらいそうですね。〈エール〉ではMine-Changさんっていうアレンジャーを入れたり。ただ、それは4年ぐらい二人でやった経験あってのものなので、最初とは全然違うんです。デビュー当時は素人に毛が生えたようなもんだったから、インプット量がすごいっていうか“ああ、こうやるんだ”っていうことばかりでしたね。曲ができてスタジオに持っていっても、“これはこうしなきゃダメだよ”って言われたりして、基本的なこともわかってなかった。それゆえにものすごい独特だってエンジニアに言われたりしましたけど。独特すぎてTOCが歌を入れづらいみたいなこともあったし。エンジニアやディレクター含めていろんな意見を聞いて、これはやりすぎだとか、こうしたほうが歌いやすいとか、工夫していった感じです。コード感にしても、基本的なことは何も知らずにただ自分がいいと思ったのを重ねてただけだから、不協和音的になったりすることもあったし。スタジオに入ってミックスしてるときに“ここ当たってる”って言われて、ああ確かに濁ってるなって気づいたりとか。ほんと試行錯誤の連続でしたね」

——TOCさんにHilcrhymeに誘われたとき、1週間待ってくれとは言ったけども、KATSUさんのなかではイメージははっきりできていたそうですね。

「『熱帯夜』をやりながら、ずっとTOCがやってることを見てたわけじゃないですか。当時としてはかなり反響があったんです。人も毎月ちゃんと入るし。当時はクラブが盛り上がってたから新潟にもラッパーはけっこういたんですけど、飛び抜けてました。低い声でラップしようとする人が多いなか、そもそも声にすごい特徴があったし、ラップもメロディに乗ったり乗らなかったり、いま聴いても全然聴ける、本当にいい曲があるんですよね。『熱帯夜』をやめて、当時のTOCの相方が東京へ行く、TOCは新潟に残って就職する、音楽は趣味として続けると。正直、もったいないなって思ってました。就職は仕方ないけど、音楽を続けてたらきっと行けただろうなと。俺はずっと新潟にいたから、何かイベントがあったら一緒にやるぐらいの軽い感じでやってたんですけど、1カ月ぐらい経って“本気でやらない？”みたいに言われたときは、“おっ、きた”みたいに思いましたね。TOCの前の相方もすごいセンスのあるやつ

だったんで、二人で本気でやればいいのにってずっと思ってたから、話があった時点で“行ける”って思いました。今だから言うわけじゃなくて(笑)」

ヒップホップひと筋の人とはちがう

——KATSUさんはもともとハウスのDJだったんですって？

「ハウスとかテクノがきっかけでやり出しました。でも、3年やってる過程で、ヒップホップをかけた時期もあるし、ダンスクラシックスにはまった時期もあるし、そもそも好きな音楽のジャンルがものすごく広かったんです。ヴァン・ヘイレンとかボン・ジョヴィを聴いてた時期もあるし、高校のときはヒップホップ聴いたり、スノーボードのビデオで流れてるパンク系にはまって先輩のバンドのライヴを見に行ってダイヴしたりもしてましたし。『熱帯夜』でもかなりオールジャンルで、何でもかけてましたね」

——TOCさんは当時から今に通じるスタイルでやってて、KATSUさんは幅広い音楽をかけていた。結果論ですけど、そう考えると相性がよかったのかも。

「かもしれないですね。ヒップホップしかやってないDJだったら完全にヒップホップ色が前面に出てただろうなと思います。それはそれで面白かったでしょうけど。俺はヒップホップも全然好きですけど、ヒップホップひと筋の人が作るヒップホップと俺が作るヒップホップは全然違うと思うんですよね。ヒップホップだけをやってるやつにはできないことができると思って、変な自信がめっちゃありましたね。知識も技術も全然ないくせに(笑)」

——自分とヒップホップひと筋の人とはどのへんが違うと思ってました？

「トラック作りのスタートがTritonだったって話しましたけど、当時はヒップホップといえばMPC（サンプラー）の時代だったんです。サンプラーでビートを作って、サンプリングして、それをいかにうまくカットしてはめていくか。それがヒップホップのトラックだ、という考え方が強かった。でも俺は自分でキーボードを弾いて打ち込んでいくから、その時点で違うんですよ。今はもうそんなことないと思いますけど、当時はヒップホップ＝サンプリングみたいな感じで、音楽のジャンルというより文化っていう考え方だから、変なことやると“ヒップホップじゃねえ”とか言い出す人もいたりしましたね。俺はあんまりそういう考え方は好きじゃないんです。いいもんはいい、好きなもんは好き。好きなようにやっていいじゃん、って思ってたから。俺はサンプリングより、キーボードで打ち込んだほうが自分のイメージするものが作れるんです」

そのバラエティ感は なかなかないだろう

——TOCさんには実験みたいな意識があるそうですけど、KATSUさんもヒップホップ“道”に囚われないのがいいんでしょうね。

「イベントをやってたときにTOCが自分で歌うために選ぶトラックも幅広くて、ヒップホップがメインだったけど、R&Bだったり、バラード系やポップスのオケを使ったりしてたんです。それを見てたから、俺がイメージするトラックにはいい感じで乗っかるだろうなって思ってましたね。俺は基本的にまったく、カラオケですら歌わないんですよ、昔から。だから声に関しては、俺がこういうの作るから乗っけてくれ、みたいな感じでしたね。もちろん“これはちょっと……”みたいなことも当然あるんですけど、“じゃあこういう感じでやろうか”って調整していく」

——毎回かなりディスカッションするみたいですね。

「最初から二人で顔突き合わせるよりは、ラフを作って“いいね、これで行こう”ぐらいでブラッシュアップして完成させるパターンか、作ったけど“これは違う”って言って、アプローチを変えて作り直して“これがいい”となるパターンのどっちかが多いですね。最初は後者が多かった。途中からコードも覚え始めて前者が増えてきました。最初はコード進行とか展開も何も考えてなかったんですよ。始まりから終わりまでまったく同じコード進行のループだったり、展開は音の抜き差しで作ってたり。“もうちょっと展開つけたほうがいいんじゃない？”って言われて、なるほどと。J-POPとか歌謡曲って、AメロがあってBメロがあってサビがありますけど、そういう概念すらなかったので。ざっくりしたパターンをいくつか作って、TOCが選んだのを仕上げていくという作り方をした時期もあるし、やっぱりある程度バンとできたものでやりたいって話になって、ある程度仕上げてからやった時期もあるし。今もまだ固まってないかもしれないですね。決まった形がないというか。いいほうに考えるなら、Hilcrhymeは今年で5年経って、曲もかなり作ったけど、ああだこうだいろんなことをやってきただけあって、すごくいろんな曲があると思うんですよ。そのバラエティ感はなかなかないだろうって思いますね。5周年でHilcrhymeのミックスCDを作ったんですけど（『BOOST UP! ～ Hilcrhyme Non-Stop MIX vol.1 ～ Mixed by DJ KATSU』）、あらためて過去の曲をミックスするとなると、速さもバラバラだしコード進行や曲調もいろいろで、やりづらかったですね（笑）。一貫性がないなって自分でも思うんですけど。バンドだったらどの曲もドラム、ベース、ギターで作るけど、俺の場合、音色が無限にあるだけにひとつに定まらないんです。“これが武器だ”ってものがないとも言えるし、強みでもありますね」

——親しみやすさというかポップさみたいなことは心がけていますか？

「メジャーレーベルでやってるからには、伝わらなかったらダメかなみたいなのはあります。でも時期によって揺れてるというか、そこあんまり考えなくていいんじゃない？と思ったり、それが全然受けなかったら、やっぱりちゃんとみんながいいって思うものをやんなきゃ意味なくない？って思ったり。そこは難しいですね」

——展開を全然知らなかったっていうのはダンスミュージックDJ出身らしいところかもしれないですね。TOCさんが言ってたんですけど、KATSUさんの音はどんなにポップなものであってもずっとフロアでやってきた人の音だと。どこがそうなのか訊いたら、グルーヴですねって言ってました。自覚はありますか？

「例えばクラシックのピアニストならホールで、お客さんはホールのシートに座って静かに聴くし、バンドだったらライヴハウスで、お客さんは踊るというよりは盛り上がりに来てる感じじゃないですか。クラブDJはお客さんを踊らせるため、聴かせるために曲をかけるので、自分に注目させるというよりはフロアにいる人たち同士で楽しむ環境にいかに貢献できるかなんです。だから曲を作るときも“自分がお客だったらこういうのがかかったらテンション上がるだろうな”って観点で作ってるかもしれないですね」

——Hilcrhymeは何でもありだから面白いとも言えるけど、逆に高いハードルみたいなところもありますね。ロックっぽく作るとかヒップホップっぽく作るっていうお手本あっての創造じゃないから。

「だからこそいい曲ができるとめっちゃ充実感あるんすけど、ダメだったときの絶望感も大きいという(笑)」

——逆に言えばまだまだ伸びしろがあるとも言えるわけでね。

「よく言えばそうか（笑)。そう考えるといいですね」

DJ KATSUのソロパート

——DJとしてTOCさんというMCをどう評価しますか？

「いろいろあるんですけど、初めて『熱帯夜』で会ったころからするとめっちゃうまくなってるし声も出るようになりましたけど、変わってないとこは全然変わってないんですよ。逆に言えば10年以上前の時点でかなり今に近いレベルでラップとか歌を作ってたんですよね。俺は幅広くあれもこれもやってきましたけど、あいつは逆にラップと歌とのミックスみたいなことをひたすら磨き上げてきた。TOCは曲を作るのはライヴのためだって言ってますけど、ほんとその通りなんですよ。他の人と一緒にやったことがないからわかんないですけど、いろんなアーティストのライヴを見ても、やっぱTOCのライヴに対する意識とエネルギーはすごいと思いますね。例

えばツアーのセットリストを考えるときに、俺はトラック的にこれとこれがきれいにつながるな、と思うんですけど、あいつは歌詞を作って歌ってるから、歌の意味とかも含めた判断で“そうじゃない”と。できた曲も、その解釈も、イメージの深さとか広がりがやっぱすごいですよ。いまだに“ああ、そういうことだったんだ”って驚くことありますから」

——1MC＋1DJだと、ライヴではどうしてもMCの負担が大きくなりがちですよね。

「絶対そうなっちゃいますね」

——そのへんはどういうふうに取り組んでいますか？

「最初のころはそれが当然だったから深く考えずにやってたんですけど、メジャーデビューしてツアーするようになると、連日のライヴで相方の声が出なくなったことがあったりして、体調管理まで含めての負担の大きさを思い知らされました。DJはDJで、ライヴ用の音源を作ったりとか、やることはいろいろあるんですけど、いざ会場に着いてからはどうやったってヴォーカルのほうが圧倒的に負担が大きくなるんですよね。そこは二人で話し合って、なるべくTOCの負担にならないようにしてます」

——その一環としてKATSUさんのソロパートがあるみたいな？

「あれも試行錯誤なんですけど、クラブじゃなくてコンサートホールで、ヴォーカルがハケました、ソロパートやりますって言っても、お客さんがいるのはフロアじゃないから踊ってるわけでもないし、曲をかけるだけじゃ成り立たないじゃないですか（笑）。じゃあ何をしようかってことで、最初のソロコーナーではキーボードのパートをその場で演奏したんです。でも元来キーボードプレイヤーじゃないから、自分のなかで腑に落ちなくて、次のツアーでは趣向を変えて、DJセットでできることをやろうと。ヒップホップDJならスクラッチとか2枚使いとかいろいろなテクニックがありますけど、それを俺がやっても本職には全然かなわないし、曲調的にもそういう曲じゃないし。そもそもエレクトロ系の曲でステージパフォーマンスって前例があんまりないんですよね。有名なアーティストもみんな活躍の場がクラブで、コンサート会場ではあんまりやらないから、ひな形みたいなものがない。それでもHilcrhymeのソロパートとしてやらなきゃいけないから、すごく考えていろいろ試した末、曲をパートごと、音色ごとにバラしてサンプラーに入れていって、その場でリミックスをやるような形にしようと。本当は事前にリミックスしたのを2ミックスで流したほうが音はいいんですけど（笑）」

——まあ完成度って意味ではそうかもしれないけど……。

「サンプラーの音と音源を右左に分けて出しながら、エフェクターも使ってその場で音が変わっていくのを実感してもらって、なんとかライヴ感みたいなものは出せたなと思って。それからちょっとずつやり方を変えたりしながらやってたんですけど、前々回ぐらいのツアーではたまたま自分がダブステップにはまってたので、とことん自分の好きなものをやろうと思ってやったんですけど、お客さんとの温度差を感じて、最新のアルバムのなかのインストはディスコ調にジャズの要素を取り入れたフュージョンっぽい曲にして、ステージでは初心に返って、ジャズの定番フレーズをエレクトロと混ぜて、キーボードのパートを生で弾く、というスタイルを試みました。でも、次のヴィジョンはまだできてないし、試行錯誤の最中ですね」

答えは常に模索

——お客さんがどうであろうが俺はダブステップ好きなんだから……って押し切らないところがKATSUさんらしさなのかな。

「そう思ってることもあるし、それなりに反響もあるんです。好きなお客さんもいることはいるので。ただ、逗子の『音霊 OTODAMA SEA STUDIO』っていうイベントに出たとき（2011年）、俺はダブステップにはまりまくってたんで、自分のなかではベストぐらいのプレイリストを作ってやったんですけど、会場の99％がポカーンとして、体を揺らすことさえなく棒立ちしてるんですよ。楽しいの俺だけじゃん、えらい温度差あるなって思って。律儀にこっちを見てはくれてるんですけど、だったらいっそ歓談でもしててほしいくらい（笑）。あれは打ちのめされましたね。だいたい自分がよければいいって思って何でも突き進むんですけど、さすがにこれはそういうレベルじゃねえぞって。こないだツアーダンサーのイベントがあってDJ頼まれてやったんですけど、そのときはヒップホップを流しました（笑）。自分の幅のなかでお客さんに寄せるというか、求められてないものをやっても意味ないですからね」

——クラブイベントじゃないコンサートで、DJがどう見せ場を作るか。みんな苦労してるでしょうね。

「ですよね。画期的だったのは“DJだけどDJしない”ファンキーモンキーベイビーズじゃないですか。あれはひとつの振り切った、かつ成功した形でしょう。でも、あれをHilcrhymeでやるのは違うと思うし。ライヴ

DJはこうやるっていう方法論はいまだに確立してないし、これからも確立するのかどうか」
——確かにそうだな。ラップグループがホールで椅子のある場所でライヴをやるっていう事例自体まだ多くないですもんね。
「うちらがデビューしたときって、ちょうどDJをメンバーに入れるのが流行った時期なんですよね。テレビの音楽番組でもけっこう後ろにDJが形だけでもいるのをよく見かけましたけど、もうその流れは徐々になくなってきてると思うんですよ。Hilcrhymeはそういう流行とか関係なく、もとからそうやってたし、今もやってるから、答えは常に模索してますよね。うちらのファンって、本当にありがたいことなんですけど、うちらのこと大好きでいてくれるんですよ。けっこうヘタなことやってもほめてくれたりするから、ありがたいけどよくないんですよね」
——あはははは。甘やかしてくれちゃうんだ。
「ダブステップの事例でもそうですけど、“いい”“よかった”ってファンレターやメッセージをくれるんですよ。でも違うことは違うって言ってくれたほうが……（笑）。ツアーやワンマンのお客さんはうちらのファンが多いけど、フェスとかではそうじゃないお客さんがいっぱいいるわけじゃないですか。そういうアウェイのライヴはこれからもずっとやっていくし、逆にホームにはないよさがあると思うんですよ。アウェイでこそ真価が問われるみたいな部分もあると思うから、ライヴDJの悩みを打開して、そこで見せるものを確立したいですね」

――みんなが「その手があったか！」ってビックリするような大正解を出したいですね。

「そもそもお客さんは曲を生歌で聴きに来てくれるわけだから、ちゃんといい音を聴かせるのがいちばん大事、ということでもいいと思うんですけど、それだけだと俺がDJじゃなくてマニピュレーターみたいな立ち位置になっちゃう。そこのバランスが難しいんですよ。歌い手さんにコンサートでライヴDJやってくれって頼まれてその日だけやるのと、グループのメンバーとしてのDJでは、やってることは同じでも立場が全然違うじゃないですか。だからそこはちゃんと頭を使って考えないとダメなんです。『熱帯夜』でやってたころの立ち位置でDJやるんだったら、ここまでああだこうだ頭を悩ませずに“これできれいに聞こえるからいいじゃん”ってとこで終わってたかもしれないですけど」

――バンドがメンバーが演奏して初めて音が出るのと同じように、俺が音を出して初めてHilcrhymeになる、と。

「普通に曲を流して終わり、流して終わり、だったら、究極、PAの人でもできるわけだから（笑）。いかに俺じゃなきゃできないものにするかですよね。いちばん難しいのは20分のライヴとかで、20分しかないのにいかにDJとして何かをやるかっていうか、そこがなかなか難しいところですよね。ワンマンだったら時間があるから、1カ所とことんこだわったパートがあればオリジナリティは出せるんですけど、短ければ短いほどハードルが上がっていく感じがありますね。もちろん長ければ長いで、どう構成していくかみたいな課題もあるんですけど。難しいっすね、ライヴは」

Pioneer
Hilcrhyme
Pioneer

TOC INTERVIEW PART2

そのリリックとかは絶対俺じゃないと書けないと思ってます

構成・文：高岡洋詞

インタビュー：2015年2月12日新潟にて。

——Hilcrhymeのリリックは季節を歌ったりして抒情的なものが多いのが特徴だと思いますが、TOCさんがリリックを書こうと思うのはどんなときですか？
「やっぱり曲を作ろうと思ったときですね。リリースがあって、っていうのが多いです」
——“もう〆切だから作らなきゃ”みたいな？
「追われ続ける5年間でしたね。でもそうはしたくないというか、逆に追いかけたいんですよ。今後がんばっていきたいですね」
——普段からアイディアが浮かんだらメモったりとかは？
「しないですね。メロディはボイスメモに残してますけど」
——前にお話をうかがったとき、意味は後づけで、そのときはスルスルっと言葉が出てきちゃうって言ってましたよね。
「好きな言葉、口にして気持ちいい言葉を優先してます。〈大丈夫〉とかそんな感じですね。“俺が大丈夫って言えば大丈夫”って言いたいがために作った曲って感じでした」
——言いたいラインがまずあって、その後にまわりを整えていくみたいな？
「そうです。音符やビートに乗せていく感じですね」
——プロになる前は？
「アマチュアのときは全然曲ができなかったんです」
——ライヴのために曲を作るって公言してますもんね。
「そうそう。詞を書くこと自体はあんまり好きじゃないかもしれないです」
——となると締め切りがあったほうが……。
「そうなんですよ。メジャーフィールドに行っていちばんいいことは、ケツを叩いてくれる人がいることです。自分には適してますね。切羽詰まらないとやらないっていうのは、昔は悪いことだと思ってたんですけど、最近はそうでもないなと思ってて」
——求められてるってことでもありますもんね。じゃあわりとギリギリになってから取り掛かる感じですか？
「なんですけど、書きたい音とか、これはもう衝動的にやりたいっていうのは速攻で書いちゃいますね。なかなかないですけどね。1年に1曲とか」
——ということはこれまで5曲ぐらいしかないってことですよね。どの曲か覚えてますか？
「〈大丈夫〉と……〈春夏秋冬〉はサビができて、速攻で他の部分を埋めたいって思いましたね。何かテンションが上がる材料がひとつあると、バーッと進みます、一気に」
——そういう曲はみんなにいい曲って認められる傾向が強いのかな。
「どうだろう。でも、〈ルーズリーフ〉も代表曲ですけど、あれは全然テンションが上がらなくて、“書かなきゃ”っていう感じでしたね。当然、全部が全部、衝動的に書いた曲ではないです。でもリスナーにはそんなの関係ないから、一度世に出れば、どの曲がいいって言われてもうれしいですよ」
——自分でよく書けたって思えるのは？
「全部だと思います。毎回毎回、できた直後は“おお、よく書けたな”って思ってますから。ただ、すぐ次、次って感じなので、3日後ぐらいにはその気持ちはなくなっちゃうんですよね。なので、最近できたものはいちばんよく聴くし、いちばん思い入れもあります」

“これは世の中の女性すべてが聞きたい言葉ですよ”って言われました

——僕が個人的に好きなのを三つ挙げてもい

いですか？　まず〈押韻見聞録〉。Hilcrhymeの特徴である日本的情緒とヒップホップMCとしてのプライドが両立してて、素晴らしいと思います。

「ありがとうございます。ライヴで盛り上がりますね。メジャーデビューして間もないころで、単純にラップしたかった。歌ものと勘違いされがちだったので、しっかりラップ力を示しておきたかったんです。もちろん自己の欲求が第一ですけど」

――そういう曲がライヴでウケるのは感慨が深いんじゃないですか？

「でも、思ったよりお客さんはそういうの関係なく聴いてますよね。最近、自分のなかにも、誰かに何かを示したいみたいな気持ちがまったくないんですよ。それはたぶん、やりたいことができてるからだと思うんです。すごくいい、フラットな精神状態で曲を作れてます。ヒップホップでありたいとか、ヒップホップすぎたくないとか、そういうこだわりが昔はあったんですけど、今は“どのジャンルでも俺が乗ればヒップホップだ”って言えるし、“J-POPとしても秀逸だろ”とも言えるし」

――ニューアルバムに入っている〈続・押韻見聞録―未踏―〉には、そんな精神状態の違いが反映されていますか？

「ありますね。〈押韻見聞録〉はもっと切羽詰まってるっていうか、ちょっと聴いてて苦しそうだって自分でも感じるんですよね」

――僕はそこも好きなんですよ（笑）。

「そうなんでしょうね（笑）。そういう自分も好きだったし、今でも全然否定はしてないです。それがあるから今があるわけだしね。ただ、〈続〉では音からして昔だったら選んでないだろうなって思うビートを選んでる。“パーティしようよ！”みたいな感じにしながら実験的なこともやってて、わりとフロウはUSに寄せたりしてるんですよ。昔だったらそこまで頭がいかなかったんで。やってて楽しかったです」

――“録”のところを“ROCK!”みたいに発音したりとか、ちょっとユーモアもあってね。誤解されかねないようなことも、衒いなく出せるようになったというか。

「ああ、まさに。“衒いなく”っていうのが的確ですね。衒いがなくなったのが今じゃないですか。衒いまくりだったからなぁ」

――自分がヒップホップであることに関して、もはや揺るぎない自信があるからなんでしょうね。

「こないだソロのライヴを見ていただきましたけど、ヒップホップっていう単語を出す必要もないくらいヒップホップだったと思ってますからね。たぶん〈押韻見聞録〉のときは“ヒップホップってのはこうやるんだよ”みたいな感覚でいたと思う。今はすごくいいマインドですね」

――これは前にも言いましたけど、〈Lost love song〉もすごい。ラップで女歌というのはなかなかない実験的な曲だと思っているんですよ。

「“私を置いていかないでよ”っていうサビは3年前ぐらいからしたためてたんですよ。どっかで使いたいなと思ってて。結局、使えそうなオケがなかったので、じゃあ自分でやってみようと思って。結果、初めて自分でトラックの基礎を作った曲になったんですよね」

――長渕剛の〈順子〉とかを思い出すような。

「〈巡恋歌〉とか〈順子〉とか。長渕さんを聴いてなければ絶対にこの曲は生まれてないですね」

――ヒップホップにはあんまり前例がないでしょう。

「ここは自分のなかでひとつ誇れる部分なんですけど、枠にはまりたくなかったんですよね。あれも実体験というか、自分のなかにある感情のひとつをあえて女性目線にしただけで、ソロの曲を作るときとマインドがあんまり変わらないんですよね。すごくキャッチーな曲だと思うし、ポップスとしていいものができたと思うんですけど、俺のなかではすごいヒップホップイズムを感じてるんです。情けない、弱い部分を晒け出すっていうのもひとつのスタイルではあるので」
――女性に寄り添った虚構じゃなくて、自分のなかにある気持ちなんですね。
「そうです。絶対、長渕さんもそうだと思いますよ。だからあれだけ支持されてるんだと思うし。女性が言われたい言葉を歌ってますよね、ってすごく女性の方から言われるんですよ。特に〈大丈夫〉を出したときは“もういいよ”ってぐらい。佐々木希ちゃんにも“これは世の中の女性すべてが聞きたい言葉ですよ”って言われました。全然自覚がないんですけど」
――大丈夫って言葉はすごく元気になると思いますけどね。
「現代の女性はみんな病んでんのかなと思いましたね(笑)」
――みんな元気そうに見えるけど、裏には癒されたい気持ちも強いんでしょうね。
「そういう人、多いですよね。明るい人ほど闇があったり」
――そういうところをわかってあげられる男性がモテるということらしいですよ。

「みたいですねぇ。昔はわかってたんですよ。曲にするようになったらわかんなくなっちゃって。昔はもっと女性の心を理解できる男だったはずなのに、今はまったくわかんないです。人間的にひとつだけ欠けている部分が女性観で」
——曲に出るってことはわかってるってことだと思うんですけどね。
「なんでしょうけどねー。奥さん以外の女性との接し方がわからないので、プライベートで困ります(笑)」
——話を戻しますと〈FLOWER BLOOM〉もすごく好きなんです。
「"花は二度咲く"っていう言葉が最初にピンときて、かっこいいなと思って。けっこうマンガ本が好きだからな……マンガってそういう表現多いじゃないですか。そこに意味をつけていった感じですね」
——Hilcrhymeのヒストリーが込められているじゃないですか。それがわかると感動もひとしおだと思うんですけど、伝わらなくてもかまわない?
「まったく。むしろ伝わってほしくないです(笑)。ちょっと主観的すぎたかなって思ってるんですよ。まぁ、でも武道館直前のタイミングだし、いいかなって。仲間への感謝を歌ってもいるし。昔はそうは思えなかったんで。俺らがイケてんのは俺らのおかげ、としか思ってなかったから」
——これも衒いがなくなったことの表れですね。マインドが変わると、昔の歌を"青いな"と思って歌えなくなったりはしませんか?
「それはないですね。過去の自分を否定したくないというか、それは絶対にしちゃいけないことだと思ってるんで。昔のを聴くと、俺ヘタクソだなとは思いますけど(笑)。今の自分がライヴで歌えば、また違うものになると思うし」
——俺に黒歴史はないぞと。
「ないですね。音楽では」

音楽と人間性って通じる

——たまに"ファーストアルバムはなかったことにしてくれ"とか言う人もいるじゃないですか。
「いますよね。俺、あれが信じられないんです。人それぞれですけど、俺は絶対したくないですね。それを気に入ってくれたリスナーに失礼じゃないかなって思うから。いちばんストレスを抱えながら作ったのは3枚目のアルバムですけど、聴きたくないなんて絶対に思わないし、なかったことにしたくないし、ヘタでも聴いてほしいです」
——そういうマインドの変化は、やっぱりソロをやり出してからですか?
「本当にでかいですね。もしやってなかったら俺どうなってたかな、と思うとちょっと興味深いぐらい。もしかしたらバカ売れしてたかもしれないし、逆に音楽やめちゃってたかもしれないし。やめるってことはないと思うんですけど、変な薬に手を出してたかもしれない。全然あり得るな」
——それぐらい一時はストレスを感じてたわけですね。
「ひどかったです」
——ソロとHilcrhymeのリリックの違いは?
「まったくないです。最初変えてたんですけど、それがよくないなと思い始めて、それこそ自己否定にもつながりかねないじゃないですか。どっちもいいじゃん、と。オケが違ったりライヴのし方が違ったり、それだけで十分カテゴライズできるから」
——思ったより歌ってますしね。
「そうなんですよ。自分の武器は何だろうって思ったときに、メロに乗せる才能だなって。これは言われて気づいたことでもあるんですけど」

——今後、Hilcrhymeとソロが接近していく可能性がありますね。

「していくと思いますね。っていうかすでに……どっちがどっちに寄るかはわかんないですけどね。ただ、決定的に違うのはKATSUくんがいるかいないか。ほんとパートナーですから、人生の。そこが唯一にして最大の違いです。みんなにとってもたぶんそうだし、自分にとっても。Hilcrhymeとソロの差はKATSUくんがいるかいないかに尽きます、マジで(笑)」

——トラック？　ライヴ？

「人間的に、かな。音楽的なものじゃないかも。音楽と人間性って通じるじゃないですか。っていうかまんまだと思うんですけど。恋愛でもそうだけど、ケンカするときだってあるじゃないですか。そういう感じなんでしょうね、きっと。で、“友達と遊びに行ってくる”とか、そういうノリでソロやってるのかもわかんないです」

——帰ってくる場所みたいな。

「そうかもしんないですね」

——バンドにしても漫才コンビにしても、パートナーって独特の絆がありますよね。

「さっき撮影のときにけっこうプライベートな話してましたけど、あんな会話まずしないですから。でも、ふとしたときにああいうのがあると、いいですね。すごいキュンとしました (笑)。いちばん楽しいですよ、あの男のプライベートの話聞くの。同窓会で久々に会った同級生の“いま何してる”みたいな話の

何百倍も興味があるっていうか……。いちばん近いのにずっと聞けない感じだから。いや、聞けないわけじゃないんだけど、聞かないんだよなー。ダウンタウンの浜田さんがフライデーされたのを松本さんが超楽しそうにいろんな番組で語ってますよね。あの気持ちすげーわかる」

――大っ好きってことですね。

「そうそう。そうなんでしょうね」

――ファンクラブイベントにお邪魔したときはいっぱい喋りが聞けましたけど、KATSUさんってライヴで一切喋らないですよね。

「俺が言ったんですよ、喋らないキャラで行こうって。DJは喋る職じゃないから、音だけのほうが絶対かっこいいと思うからって。だいたいDJが喋るシチュエーションってなかなかないじゃないですか、クラブとかでも。今みたいにシャウトするような時代でもなかったし。やっぱりお客さんは声聞きたいと思うでしょうけど、舞台監督も喋らないほうがいいって言ってたし、たぶん間違ってないと思います」

――いいと思いますよ。KATSUさんがTOCさんに耳打ちして、それをTOCさんがみんなに伝えるっていう演出も面白いし。

「面白いですよね。でも俺にとってはけっこう普通っていうか、当然こうなるよなっていうパターンなんです。そこはブレさせたくないですね。武道館みたいなときはお礼のひとことくらいは言ってもらうにしても。逆にファンクラブイベントでは完全解放で。年会費払ってるのにKATSUくんの声が聞けないのはイヤだろって思うし(笑)」

――彼の喋りって独特の味があって、引き込

まれますよね。
「けっこう洗脳されるというか（笑）、宗教家とかに向いてるんじゃないかと思います」

ラップに、音楽にたどり着いたのは必然

——TOCさんはわりと子供のころから人前に出て……。
「めっちゃ好きでした（笑）。国語か道徳の教科書で物語を読むお手本として全校生徒の前でやらされたり、それをテープレコーダーに録ってお昼休みに流されたりとかしてましたからね。"感情が入ってるからいい"って言われて。なるほどって思いますよね、いま考えると」
——ブレないですね。
「子供のころからいまみたいになる兆候はあったんですかね。でもキモいって言われるんですよ、同級生からは」
——そういうのに照れて人前に出るのが苦手になっちゃわなかったのが素晴らしいです。
「でも卑屈になりましたよ。内向的になったと思います。英語をきれいに発音しようとするとバカにされるでしょ、中学生のときとかって。あれおかしいですよね、絶対(笑)」
——そういう時期もあったにはあったけど、全体的には自分の資質に素直に生きてきた感じですね。
「そうですね。ラップに、音楽にたどり着いたのは必然だと思います」
——ラップに出会うまでは剣道ひと筋ですもんね。
「すっごく向いてなかったんですね、きっと(笑)。どんだけやっても強くなんなかったんで」
——強くなんないけどやり続けてたわけでしょ。努力の才能もあるんだ、きっと。
「努力はしました。やらされてた感は強かったけど」
——もともと得意なことを努力したんだから、そりゃイケますよね。
「そうなんですよ。ていうかラップに関しては俺いっさい努力してないんです。書くこともライヴすることも、努力じゃないじゃないですか。当たり前のことだから。"あれ、俺努力してないな"と思って。練習とか。あ、でも練習はするか。そのためにスタジオまで建ててるんですもんね」
——そうですよ。
「たぶん、やりたいことだから。やらされてる感がないから努力って思わないんだな」
——前に稲川淳二さんにインタビューしたときに言ってたんですけど、人間、好きなことを仕事にしたほうがいいと。なんでかっていうと、好きなことのためにする苦労は苦労じゃないから。
「なるほど、そのとおりですね。稲川さんが言うと説得力ありますね」
——怪談は子供のころから好きでしていたそうですよ。
「すごい。そんな行き着き方もあるんですね」
——好きなことをみんなやればいいのにって思いませんか？
「でも、すごい度胸が要りますからね。音楽って好きなことやってる人の集まりじゃないですか。だから、まわりにはそういう人しかいないけど、どっちかっていうとマイノリティだと思うんですよね。9割の人はやりたくないけどやってるのかな～って。わかんないですけどね」
——僕の場合は、やらなきゃいけなくなったときは"自分がやりたくてやるんだ"って自分に言い聞かせるようにしてます。そう思わないとバカバカしくて。

「GLAYのTAKUROさんが“やりたくないことをやる人ほど尊敬してる”ってインタビューで言ってましたね。“やりたいことだけやってるやつは信用できない”と」
――TAKUROらしいなぁ。
「ね。まさにGLAYイズムですよね」
――責任感の人ですからね。
「セカオワの彩織ちゃんも“深瀬のやりたいことをやらせてあげるのがわたしの仕事”って言ってたし。KATSUくんもそういうとこめっちゃあると思います」
――さっきちょっと話したTOCさんの個性みたいなものに自覚はありますか？
「納得します。前はわからなかったけど。自分と向き合うってことが最近、俺の仕事だなって感覚があって、自分のいいとこ、悪いとこを知ることが大事だと。その意味で言うと、ひとと違うことをしてるっていうのは納得いきますね」
――研ぎ澄まされてきたってことですかね。
「そうそう。もっともっと研ぎ澄ましていきたいです」
――今度アルバムが出ますけど。
「すごくいいアルバムですよ。それこそ本当に自分と向き合って書けた一枚です。誰かに対して、じゃなくて。衒いも虚栄心もない。いままでのアルバムと自分のなかでは全然別ジャンルって感じになっちゃいました。そうでもないかな……いや、ヴォーカルの技法もアップデートしてるし、ちゃんと自分の個性を残しつつやってきた自負もあるし。例えば〈The Woman In The Elevator〉って曲があるんですけど、そのリリックとかは絶対に俺じゃないと書けないと思ってます。歌メロもいいのができたし、ラップのグルーヴもいいし。超気に入ってます。エレベーター内でバッタリ元カノと会っちゃって、その空間を歌った曲なんですけど」
――それはあんまりないですね。
「自分にしか書けないものだし、やっぱり自分と向き合うことが大事なんだなと思いました。誰かっぽいとか、誰かを意識したとかだと、絶対にこの満足感は得られないです。このテーマに着眼したのは自分だけだと思うし、聴いてて超最高っす」
――いいなぁ。自分でそれ言えることが最高ですよ。
「売れてる人、イケてる人は絶対にトレンドとか他人を気にして作ってないと思いますよ。最近すごく響いた言葉が、俺が大好きなラッパーが言ってたんですけど、“インプットもアウトプットも増やせばいいってもんじゃない”と。どこからインプットするかも大事だし、突き詰めていけば自分がいちばん大事なんだから、流行とか世間とか、そういうものを一切遮断して自分と向き合うことが大事だって。それはすごい理解できますね。スタイリストでも同じこと言ってた人がいました。“流行を気にしてたら、自分の色がなくなっちゃうじゃないですか”って。やっぱりイケてる人はみんなそうだなと。トレンドなんか気にしてない。二番煎じも売れるんですよ。たぶん四番煎じぐらいまで売れるんです、市場がでかければ。でも売れることと満足度はまったく違うから」
――お金はお金で大事だけど、満足感があるほうが幸せだと思いますよ。
「いまはすごい幸せです。これでなおかつ売れたら最高ですけど、売るのは俺らの仕事じゃないんで。俺は変わらずいい曲を書いていればいいんであって、売れるかどうかはその先の話だから。極端な話、売れなくても幸せなんでしょうね、きっと。自分の表現がちゃんとできていれば」

SONY
DYNAMIC STEREO HEADPHONES
MDR-CD900ST
for DIGITAL

ジグソーパズル

焦らずにゆっくりと作ろう
間違えてはまた崩そう
床一面に鏤めたピース
何千何万 出来るのはいつ？
苦手な遊び 細かい作業
君は言う「そこじゃない」
あぁ惜しい けれどはまらない
絵と形がピタリと合う欠片探し

２人手探りでピースを拾って
試すのさ ここに入れてみようって
どんな絵が出来るだろう？
完成なんていつかもわからないけど
徐々に形を成して行く ほら

足りない欠片を探して
２人で隙間を埋めてく
１人じゃ終わらないこのパズルも
きっと俺たちならば
上手く作れるだろう
描かれたのは２人の未来
大きな額に飾ろう
このジグソーパズル

俺に無いものは君が持ってる
君に無いものは俺が持ってる
合わせれば重なる綺麗に
元々２つで１つのイメージ
他じゃダメ 出来る隙間
似ていても きっと無理だ
俺には君だけが必要さ
合わせよう まるでジグソーパズル

欠けては決して成り立たないよ
揃わないのさ あなたじゃないと
この心の中に出来た隙間に君がはまり
組立つ俺たちという
パズルの出来上がり ほら

足りない欠片を探して
２人で隙間を埋めてく
１人じゃ終わらないこのパズルも
きっと俺たちならば上手く作れるだろう
描かれたのは２人の未来
大きな額に飾ろう このジグソーパズル

1人じゃ全然つまらない
必要なものが見つからない
どこに行っちゃったの？
無くしたら揃わない
「やっぱもうダメかも」
諦めたりしたんだよ
でも他は考えられないくらい
はまるぴったり

俺は短気 君は温厚
俺は細め 君は太め
俺は得意 君は苦手
俺は適当 君も適当
変わるな そのままでいいよ
抱き合った時の重なり具合も
それ無きゃ中々寝付けないくらいの
相性抜群 余白無くすまで
続けようジグソーパズル

足りない欠片を探して
2人で隙間を埋めてく
1人じゃ終わらないこのパズルも
きっと俺たちならば上手く作れるだろう
描かれたのは2人の未来
大きな額に飾ろう… このジグソーパズル

ほら 足りない欠片は
全部君が埋めてくれた
1人じゃ終わらないこのパズルの
出来た隙間は全部俺が埋めてあげよう
描かれたのは2人の未来
大きな額に飾ろうこのジグソーパズル

Kaleido scope

それは覗く度変わる形
幾万の華 映す鏡
ふと空に翳し当てた 満月の夜
複雑なその模様は
あなたの迷う心か
揺れて変わる万華鏡のよう

what a beautiful
鏡とビーズが織り成すからくりを
覗いては思うこれはあなた
混じり解け合う色は鮮やか
でも複雑過ぎてわからない
互いの色はうまく混ざらない
昨日はこう言ってたのに今日はこう
YES の返事も時経つと NO

もう理解出来ない 何度も思ったけれど
代わりなんてなれるはずもない誰も
狂おしい 忘れそう我を
襲って来る耐えられない孤独
今あなたは何を想う？

それは覗く度変わる形
幾万の華 映す鏡
ふと空に翳し当てた 満月の夜
複雑なその模様は
あなたの迷う心か
揺れて変わる万華鏡のよう

いくら考えてもわからない
心の奥で消えないわだかまり
もし時を戻せるなら
全て失っても構わない
いつの間にかすれ違ってた心
思い出す 愛し合ったあの頃を
俺が想っているだけの幻想
未だ受け入れられない The End

あなたが望む事は
全て俺が叶えよう
あなたが欲しいものは
全て俺が与えよう
この心も体も捧げて満たしたい
けれどもうココに君がいない

それは覗く度変わる形
幾万の華 映す鏡
ふと空に翳し当てた 満月の夜
複雑なその模様は
あなたの迷う心か
揺れて変わる万華鏡のよう

回る回る鏡の中で
移り変わる 心の模様
それはそれは万華鏡みたいに
美しく揺れる まるで君の気持ち
憎いほどに愛しい

それは覗く度変わる形
幾万の華 映す鏡
ふと空に翳し当てた 満月の夜
複雑なその模様は
あなたの迷う心か
揺れて変わる万華鏡のよう

別れ際に吐き捨てた言葉
本当は言いたかった訳じゃない
悲しみと憎しみが入り交じる
複雑なその模様は
今の俺の心か
揺れて回る万華鏡のよう
心 まるで万華鏡のよう

耳から入り込んでくるノイズ
どいつがどの口で吐く　ポイズン
疑心暗鬼 抱く矛盾
四六時中見る 悪い白昼夢
言ってくれるぜ無茶苦茶
いっその事この目と耳を縫って塞ぐか
「それでも人を恨むな」
その思いは残し開いた口で歌うたう

全て投げ出したくなる衝動
駆られペンを持つ右手が暴走
OH NO! 脳内駆け巡る妄想
「もうよそう」と装う
この意志と意地と皆の支持とで
見いだす意味を 切り拓く道を
届けよう だから聞かせてくれ
雑音 掻き消すくらいの声を

※
wanna make some noise!
wanna make some noise!
聞きたいのさ本当の歓声を
let's go… くれベストレスポンス
文字じゃないんだ
その声が俺にとって最高の NOISE

wanna make some noise!
let me see, you say wo!

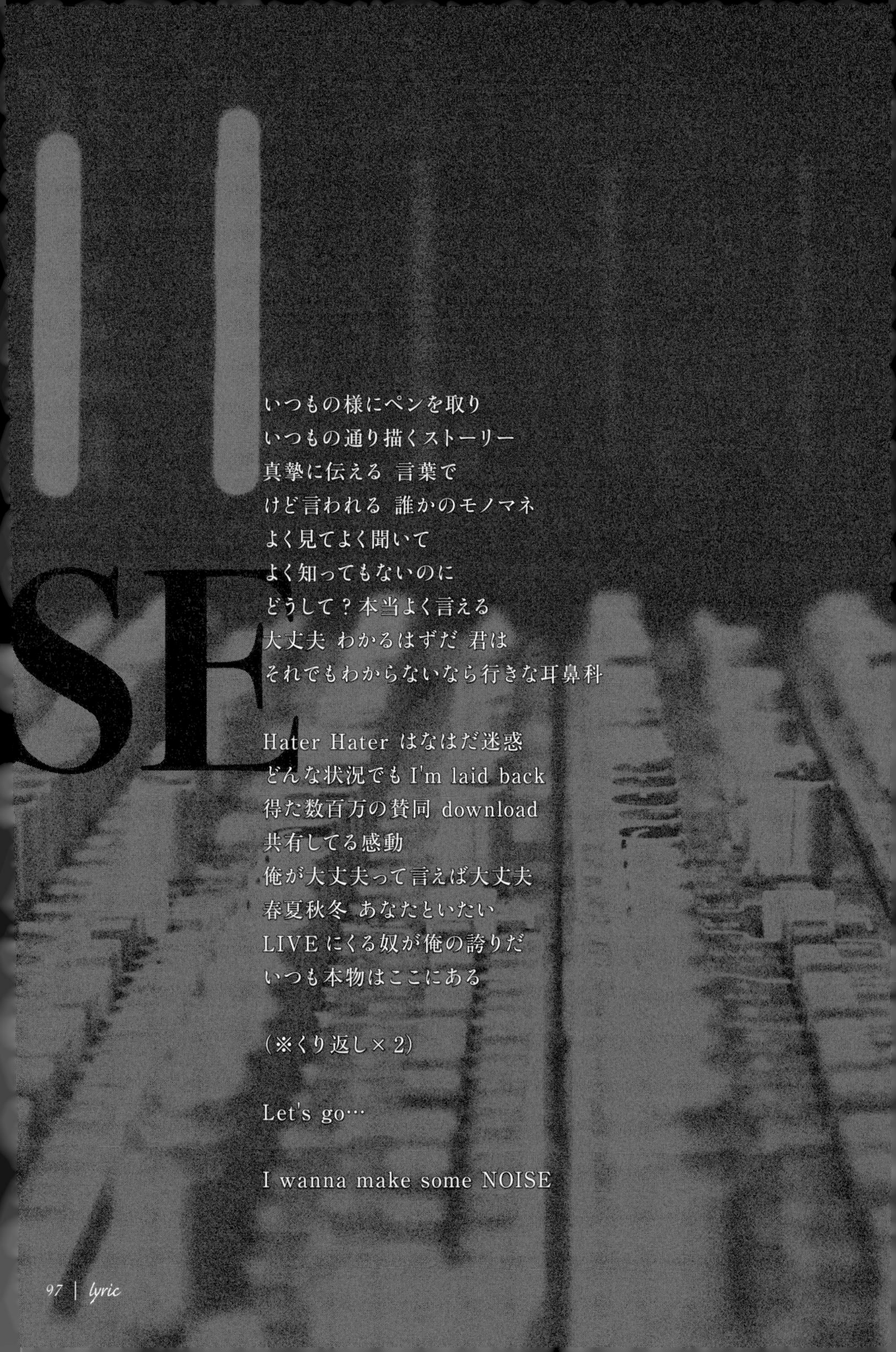

SE

いつもの様にペンを取り
いつもの通り描くストーリー
真摯に伝える 言葉で
けど言われる 誰かのモノマネ
よく見てよく聞いて
よく知ってもないのに
どうして？本当よく言える
大丈夫 わかるはずだ 君は
それでもわからないなら行きな耳鼻科

Hater Hater はなはだ迷惑
どんな状況でも I'm laid back
得た数百万の賛同 download
共有してる感動
俺が大丈夫って言えば大丈夫
春夏秋冬 あなたといたい
LIVE にくる奴が俺の誇りだ
いつも本物はここにある

（※くり返し× 2）

Let's go…

I wanna make some NOISE

紙に書き記したこの気持ち
広いこの世界中でただ一人
あなたはこんなにも近くに
いたんだね　ここは小さな島国
どこにいてもきっと出会ってた
時がくるのをじっと待ってた
これは偶然でも運命でもない当然
さぁ 同じ時間を刻もうぜ

初めて知ったこの感情　確かめたんだもう何度も
日を追うごとに膨らんでく想い　音に乗せここに残そう

※
大切なあなたへ　大切なあなたへ
月日が流れ やがて色褪せてしまうなら
大切なあなたへ　この歌を残そう
伝えておきたい言葉がこんなにも沢山あるから

まるで太陽のように眩しい笑顔
見ると嬉しくなる 何でだろう？
周りの景色も明るくなる
それは魔法のように広がる
星屑のように輝く涙
見ると締めつけられてく何か
なんて切なく なんて苦しい
けどその姿すら美しい

想送歌

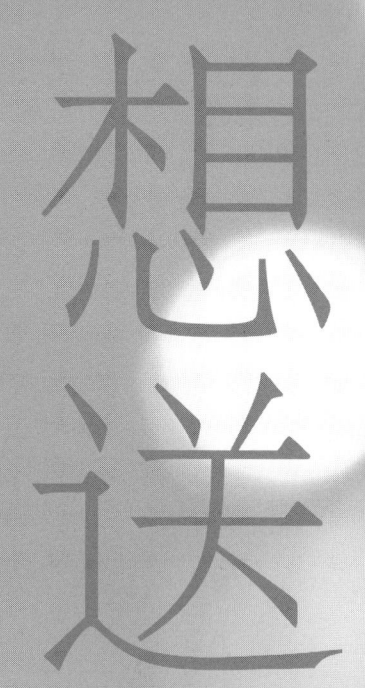

喜び悲しみも分ち合っている二つの魂
離れそうな時があっても俺はずっとここで謳ってよう

（※くり返し）

もし急にあなたの前から私がいなくなってしまっても
残していくものを見て聴いて　思い出してここにいたねと
やがて来る　避けられない別れ
願う　あなたの幸せを
私じゃなくていい　その代わり
生まれ変わってもまた会いましょう
俺はここにいるよ　ずっとここにいるよ
永遠に愛するあなたの中でずっと生きていこう

（※くり返し）

俺はここにいるよ　ずっとここにいるよ
永遠に愛するあなたの中でずっと生きていく

※
私を置いていかないで
俯いてないで　ねぇこっちを向いてよ
もういいって言わないで
優しいだけの言葉なんて聞きたくない
きっともう何を言っても
変わるはずのない気持ち終わりなんでしょ
どうして？「知らない」って
嫌われたくないならばそう言ってよ

気付けば口数も減っていて
それすらも悪い　私のせいねって
気遣っていたのがもうバカみたい
未だに想い合ってる　それが間違い
一体いつから？　少しも気付かない
戻したい時計の針　出来るなら
ずっと一緒って言い合ったよね
でもあれもこれも全部嘘だったのね

Lost love song

狂っちゃいそう自分が保てない
理由の言葉も全然　的得ない
「お前は何も悪くない」って何それ？
言い訳にすらもなってないよね

（※くり返し）

私は一体あなたの何？
他の子よりもいたい側に
誰かいるの他に　私もそれと同じ
その他大勢の一人　もう用無し
本気？遊び？服も　髪も
あなたの好み合わせ変えたのに
勝手にやったこと　うん分かってる
抜け出せない深い深みにハマってく
本当にあなたは卑怯な人ね
何でこんな人をって　おかしいよね
解らないの　私も
形のない関係が悲しいよ

（※くり返し）

I.. I.. I like your smile

きっと始めて出会った頃は眉間にしわ寄せてばっか
気を張ってばかりの毎日　つまらない仕事　変わりのない日々
周りの作り笑いに合わせて　俺も嘘つくしかない
現実から逃避　失望「もういいもういい」世界を拒否
誰も崩せないくらい高い壁を軽く君は跨いだね
そして内側から壊してくれた　心の中　溶かして埋めた
何もしてないって？　してるよ　ほら今だって見てるよ
顔がくしゃっとなるその顔　今まさに君がしてる事だよ

※
側にいつもある　こんなに幸せ　形の無いものに心満たされる
I like your smile　飾らずに君は笑う　笑う　また

Your Smile

会えた喜び　顔にそのまま出る　いらないそこに言葉は
どれが本当でどれが嘘　わからないままどこへ歩こう
彷徨う暗闇　沿う前に連なり　持つ深い疑いを　自ら塞がり
好奇の目の群がりの中　光ってた君の笑み　差した明かり
おかしい時の笑顔　嬉しい時の笑顔　泣きながらの笑顔　意味有りげな笑顔
特に目立とうとしてないのに特別に見えるのはなんでだろう
君が好きだから笑顔が好き　笑顔が好きだから君が好き

（※くり返し）

I.. I.. I like your smile
I wanna be with you
just because I.. I..
I like your smile all the time.

（※くり返し×2）

my マウスから出る言葉 嘘は言わない
1mic と 2 needle 他の比じゃない
ライツカメラ絵になるこの被写体
俺しかない見せ方やり方
アッパーな選曲からメロウへ連続
時に変則さ そして時には直球だ全力
Party 会場専属サウンドシステム「H」の発動
照準を合わせ直し狙う KATSU と
待ったなしだ don't stop 止まらん
暖まりだしたフロア
あやつる BPM, ハイペースからスローダウン
we are the Hilcrhyme
独自のモーターエンジン搭載 出た go sign
再び 動き出す

次なる丘へ 次なる丘へ
俺たちが俺たちであるために
to the next…

バース 2、Show Case に全てを託す
手は抜かない問わない集客数
一人だろうが一万人だろうが込める思いは変わらず熱く

丘へ

次ナル

全ての心の芯を打つ言葉を作りたくまた韻を踏む
たぎる血潮 細石の巌となりて登る坂道を
let's step up to the next
俺らはこの足で毎日毎晩 登ってんだ螺旋階段
最短距離ではないが間違いない 媚びない快感
あーうっせんだ！必要ないぜホントしないで干渉
幾千万にふくれあがった賛同
しかも満場一致 完璧な段取り
挾むＴとＫで今、世界中をサンドウィッチ

次なる丘へ 次なる丘へ
俺たちが俺たちであるために
to the next…

so crazy, drinking, KATSU on the table

ＴとＫ まず聴いとけ ＴとＫ まず知っとけ

次なる丘へ 次なる丘へ
俺たちが俺たちであるために
to the next…

だんだん好きになる…
こんなのもやんです　diss ってりゃご満悦？
時代は動いてる　ていうか動かしてる　ほら　もう止まんねぇ
未だ進化続ける　もちろん韻は崩せぬ
人生好きにやればいいがこの Rap だけは譲れぬ
開拓してく新基準　示す新イズム
何回も投げ出そうって考えたけどこれに一途
ごめんな愛したあなた　俺としてくれ心中
何万回と繰り返したが飽きない　今日も韻踏む
踊る仲間達と今日も　減った白目
新たな繋がりとも「どうも」
今宵も feeling いい link being
地下と地上の語呂遊びで距離縮む　チムチムニー

もういいんじゃない　ねぇ踊らない？
今までなら届かない　でも「嫌い嫌い」って捕われず
思い切って「we like it」って言ってみない？

※
we like it　we like it
だんだん好きになる…　病み付きになる

ウィライキ

pops 上等 pops 上等　ありがたく頂戴します　その称号
改めて Hilcrhyme です　どうも　競争音楽　狙う　一等賞
タイムアタック like a moto レース　リタイヤなしのこのゲーム
求めた　流行りのハイエンドよりノイズ混じりが丁度いい
because　この文化は温故知新　塗り替える様　ほとんど維新
同盟組んだ　過去の偉人　見習って　笑顔であいつと chillin
俺ら　何も　気にはしてない　過去の事より未来しか見てない
再び会える　日が楽しみ　その時は全て忘れて踊ろう

握手しよう　好きなもの同士　何も悪くない　その行為
誰に何言われたっていい　物好き　閉めたチャックを開け　その口

（※くり返し）

KATSU INTERVIEW PART2

普通の人とは逆の順番でやってきたんです

構成・文：高岡洋詞

インタビュー：2015年2月12日新潟にて。

——KATSUさんがHilcrhymeのリリックのなかで特に好きだったり、すごいと思うのはどれですか？

「過去のもので言うと〈大丈夫〉ですかね。“俺が「大丈夫」って言えば　君はきっと大丈夫”っていうのは、何気ないワンフレーズですけど、やっぱり重みがありますよね。曲ができた瞬間にそこまで思ったわけじゃないんですけど、ライヴでやっていくうちに、ファンの人の“この曲を聴いて救われました”みたいな体験談をものすごくいっぱい聞いたんです。フェスとかだといろんなバンドが好きな人がいますけど、“Hilcrhyme知らなかったけど、一回聴いただけで好きになりました”とか。やっぱり音楽だけじゃなくて、あのワードがあって初めてそれだけ惹きつける曲になったと思うんで、本当にすごいリリックだと思います。ほかにもいっぱいありますけど、わりとゆっくりな曲のほうが一個一個の言葉の重みみたいのは感じられるかもしれないですね。早口だとラップが楽器のひとつみたいな位置づけになるし。TOCも、リズムとか韻を追求するリリックと聴いてる人の心に響かせたいリリックはたぶん使い分けてると思うんですけど」

——トラックメイカーの立場として、これにこういうの乗せてきたか、みたいに感心することは？

「そういうのはけっこうありますね。わりと最近あった気がするな……。ちょっと質問の意図とは違うかもしれないですけど、〈次ナル丘へ〉は、インディーズのころの〈ヒルクライマー〉っていう曲の歌詞をそっくりそのまま乗っけてきたんですよ。サビはちょっと変えてますけど。BPMもコードも全然違うのに、それをここで持ってきたかって。同じようなテンポだったら合うし、普通にあると思うんですけど。あれはけっこうインパクトがありましたね」

——KATSUさんが作るトラックにもある種のリリカルさはあると思うんですね。ラップミュージックではあんまり耳にしない詩情みたいなものはHilcrhymeの特徴だと思うんですが、それにはトラックの影響もあるんじゃないかと。

「そうですね。基本的にトラック先行っていうか、オケがある程度できてから歌詞を作るっていうスタイルでずっとやってきたんで。バラード調の曲なら恋愛の歌詞、みたいな。例えば、一個前のアルバム（『FIVE ZERO ONE』）に〈BAR COUNTER〉って曲がありますけど、ああいうのはオケの雰囲気に合った歌詞だなって思いますね。最近は、曲を聴いてそのインスピレーションで歌詞を書くみたいなパターンでは必ずしもなくてもいいのかな、ってTOCも言ってて、逆のパターンとかもやってみたりしてるんですけど」

——逆のパターンというと？

「俺がポジティヴな感じのオケを作ったけどすごい重いリリックを乗せてきたりとか、逆に切ない感じのオケにポジティヴな歌詞とか、っていうのもたまにありますね。あとは、最初に“こういう曲を作ろう”って決めてからオケを作って、それを聴いてからリリックを詰めていくとか。特にシングル曲の場合、俺とTOCだけじゃなくてスタッフも含めて話し合うときもあるし、二人で話すときもあるし。あとはラフをいっぱい作って聴いていって、これを仕上げようって決めてから肉づけしていくのが、最近の基本的な作り方です」

——ラフっていうのはどれくらいラフ？

「コード進行と簡単なリズムと、上ネタも三つぐらい重ねて、ざっくりメロディ作れるくらいの段階のものですね。中途半端じゃ歌詞もメロも書けないし、逆にかっちり作りすぎるとダメだったとき無駄になっちゃうんで、ちょうどいいバランスが難しいんです。5年間やってきて、前よりは見えてきてますけど、まだ試行錯誤中ですね」

諸要素のバランスが独特

——仕事、趣味含めて日本語ラップをいろいろ聴くと思うんですけど、TOCさんの個性って何だと思いますか？

「やっぱり季節を表現したりする情緒的な歌詞や、さっき言った〈大丈夫〉みたいな攻撃性のない曲は、俺が知ってる範囲では、なくはないと思うけど、珍しいですよね。あとはラップとメロディの合わせ方ですかね。ラップに特化した人はひたすらラップを突き詰めるし、歌う人がラップするパターンも最近多いけど、それとも全然違くて、あくまでも入り口はラップで、そこにメロディをつけてるんですよね。そうした諸要素のバランスが独特なんじゃないかなと」

——確かにあんまり聴かないですよね。

「全然いないと思いますよ。そもそも1MC+1DJのユニット自体がわりと珍しいし。なおかつTOCはソロでもっと深いところに行こうとしてるじゃないですか。ソロアルバムを聴いて、あの世界とHilcrhymeは別ものだと思ったし、だからこそこっちも向こうもやりがいがあるんだろうなと思ったし、HilcrhymeはHilcrhymeで、目指すところへ突き進むしかないと思いましたね」

——やっぱり違うと思いました？　僕は意外と近いなって思ったんですけど。

「もちろん近いですよ。近いんですけど、ソロのほうは俺は全部できあがったものを聴いたから、当然オケが全然違うわけですよね。それぞれ味があって。TOCは音を聴いて歌詞を書くから、ソロのほうはソロのほうで、そのためにチョイスしたトラックに合わせて歌詞を書いてるわけじゃないですか。そうするとこうなるんだ、なるほど……っていうのがけっこういっぱいあって。近いっていうのはわかるんですけど、俺は自分が作るビートに乗せてくるのを聴いてきたから、違うなっていうほうが大きいです。ソロデビューシングル(〈BirthDay/Atonement〉)を聴いたときはそこまで思わなかったんですけど、アルバムを聴いてすげえ感じました」

——確かに、KATSUさんのトラックはTOCさんのラップに負けないくらいメロディアスですもんね。

「特にピアノとかが主張しすぎると歌とケンカしちゃうんで、邪魔だって言われたこともあります(笑)。俺も自分で歌わないから、歌に合わせるにはこれくらいがちょうどいいっていう頃合いがわからなくて。以前はひたすら“自分がいいと思ったものはいいだろう”でやってきたけど、今は歌の邪魔になるのもわかるんですよ。それを踏まえて、例えば自分で弾き語りする人とか、いろんな曲を聴いたりして。未熟さを思い知って、一時は変なスランプに陥ったときもあったし、単純にピアノをメインにする曲を減らしたり、いろいろやってきたんですけど、やっぱり俺が作ったメロディありきでこれまでの曲は生まれてきたわけだから、まったく消してしまったら、意味がないんですよね。その落としどころは、これからやってく上でもひとつのテーマですよね」

——それぞれが勝手に好きなことをやっててもしょうがないですしね。

「Hilcrhymeは二人だから、俺が俺でひたすらいいと思ったものを作ってても、それじゃ

Hilcrhymeの曲にはならないんですよね。いろいろ言い合ったりもしたし、経験も積んで、全然まだまだですけど、見える範囲は広がってきたと思ってます。これからやるべきこともわかってきたんで、よりいいものを生み出せるようにしたいですね。5周年が終わって、武道館もやって、次は同じ武道館なら2デイズとか、さいたまスーパーアリーナとか、もっと大きいとこを見ないといけないし、実際、武道館をやったときにそれは見えたんで。簡単じゃないですけどね。5年やってきたとはいえ、いまだにトラックメーカーとしてはビギナーの部類だっていう自覚はあるんですよ。特に最近はJazzin' parkとかトラックメーカーの人がプロデューサーで入ったりしてますけど、そういう人を見ても、俺は知らないことがいっぱいあって、まだまだこれからだなと思ってます」

音楽に制限はないんですよ

──もっと上に行くために必要なことって、例えばどんなことですか？

「いろいろありますけど、例えばプレイヤーとしての能力も強化していきたいなと。俺はトラックメーカーであってキーボーディストではないので、最初のうちはイメージを打ち込んで形にできさえすれば弾けなくてもいいと思ってたし、ライヴで演奏するようになってからも、まず作ってから練習して弾けるようになるっていう、普通の人の逆の順番でやってきたんですよ（笑）。でも、俺がもっと弾けるようになれば、“DJなのにキーボードも弾く”っていう演出上の武器にもなるし、ライヴだけじゃなくて制作にも“弾く場合は

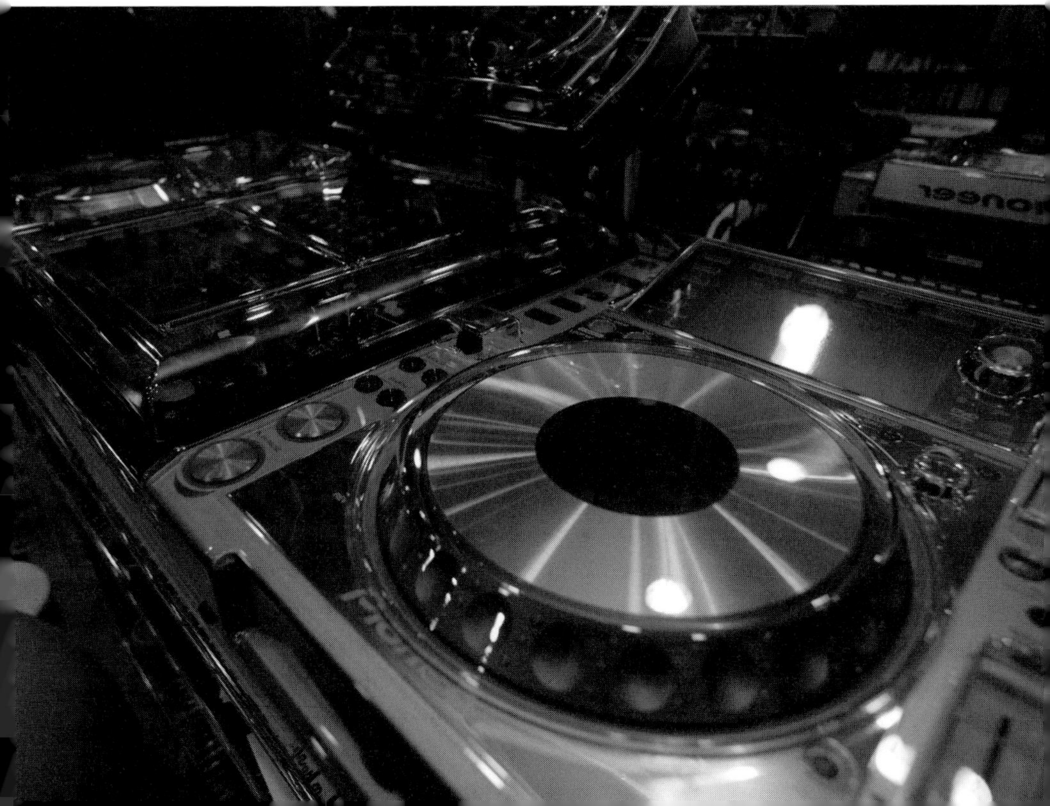

こういうやり方がいいんだ”って影響を与えることは感じてるので」
――なるほど。そうなるとライヴの幅もすごく広がりそうですね。
「機材的な面はかなり充実してきてるんですけど、何でもかんでも揃えたところで手に負えなくなるだけなんで、ただ流行ってるからじゃなくいいものを取り入れていくことも大事かなと。今回のアルバム（『REVIVAL』）で、古いものを取り入れつつ新しいものを作るっていうことを試みたんですけど、90年代のヒットソングの構造を学んだのはよかったですね。結局、音楽に制限はないんですよ。4拍子じゃない曲だってあるし、途中でキーが変わったりとか、クラシックなんかだと全然別の曲みたいなのが挟まってたりするじゃないですか。だから決まった形に囚われないように、と」
――音楽に制限はない、というのはTOCさんも言ってました。Hilcrhymeの信念みたいなものですね。
「あと、さっきTOCのソロとHilcrhymeとは違うって言いましたけど、かなりの部分は重なってると思うんですよ。だからそこは俺も知っといたほうがいいなと思って、TOCほどは聴けてないけど、例えばフィーチャリングで参加してる人とか聴いても、“あぁ、こんな人がいたんだ”って驚くことがすごくいっぱいあるんですよ。滋賀の人とか京都の人とかが東京に出ないで地元でやってて、やっぱりかっこいいんですよね。そういう動きや音を頭に入れた上でアウトプットしていけば、それはHilcrhymeのものになる。そうしてインプットを増やしながら、選びながら、新しいものを作っていきたいですね」
――どんどんでっかくなりそうですね。
「またやっていくうちに新しいものが見つかってくると思うんですけど」
――さっきTOCさんとも話したんですけど、撮影のときプライベートな話題で盛り上がってたじゃないですか。意外とああいう話ってしないんだなぁと思って。
「しないですね（笑）。お互い忙しいから、二人で会ったときは、せっかく会ったからって“じゃ、次のライヴのセットリストは……”みたいな話になっちゃうんで（笑）。会ったときにはそういうメールだと面倒くさい話をしようって感じになって、だんだんと仕事的な方向に偏っちゃってるかな～とはちょっと思いますけどね」
――ニューアルバム『REVIVAL』、僕はまだ何曲かしか聴けていないんですが、どんなアルバムですか？
「いままでのHilcrhymeを知ってる人は、確実に新しいと感じてもらえると思います。まぁ毎回違うんですけど、今回は特に変化が大きいと思うんですよね。かつ俺ら自身、一個一個の曲への思い入れが強いです。単純に曲数がちょっと少なめだってのもあると思うんですけど、妥協がないっていうか。2枚目、3枚目とかは、過密スケジュールのなかで“こなしていく”っていう傾向が強かった時期があって、それはすごいストレスでもあったし、流れ作業的に曲を出していくのは違うんじゃねえかって話し合ったりもしました。そのころに比べたら、今回の制作はかなり余裕を持って臨めたんで、そのぶん一曲一曲が濃いと思うんですよね。特に1曲目に持ってきた〈New Era〉は、タイトルどおり“新しい時代”の曲になったんじゃないかと思ってます。どんな曲調か訊かれても、あれみたいな感じ、って言うときの“あれ”がないというか。でもノレるし。けっこう気に入ってますね」

la la la la…

※
北から南 西から東
右から左 上から下に
放つメッセージ届く日本中 It's like this in
East Area East Area

earth in the east area から放つ 沸かすメディア
まるでセミナーみたく　手にはマイクとタクト持ち各地でゲリラ
in Asia インペリアル こだわる細部エクス、インテリア
この地で得た経験　つまりマテリアル 全てが俺の糧になる
決して折れぬ旗振りて 纏う物全てをかなぐり捨て この小さな街の片隅で
蹴り続けて今開いた扉 皆さぁついてこい！

（※くり返し）

East Area

空けることない間隔 このあとも入れぬ間髪
蹴り続けた 1verse 未だに言われる「welcome back」
エリア外から飛ばす電波 波に乗り連鎖　各地で点火
常に千差万別に変化 いつまでもココでやりてぇんだ
N. G. C からまた今出る CD さぁ蹴ろうか let's kick it 磨き上げるテクニックに
TOC B-BOY ジッとしてらんないから
Keep on Beats 狙う日本の TOP

（※くり返し）

北から南そして 西から東
東西南北響かす大音響をもっと
右から左そして 上から下に
放つメッセージ届く日本中 It's like this,like this yo
俺たちはまた次の丘へ この地に根を張ったままどこまでも
地方から出た芽が時代を切る さぁ 立ち上がれ今だ東の地

（※くり返し）

we stay here

※
you are shining (shining) × 2
I cannot live without it
you are shining (shining) × 2
I cannot fly without it
you are shining (shining) × 2
思いのたけを全部載せてまた
writing writing writing…

それは太陽でもなく月でもないが
何より眩しい
直視できたとしても５秒くらいさ
目を手で覆い隠し
常に俺の隣でそれは輝く
泣き笑い繰り返して瞬く
でも決して消えることのない
とても小さな光

その熱にまた俺は包まれ
ただ居るだけの存在に救われる
気づきゃいつでも傍に
佇んでる　密かに
願わくばずっと永久に
ありがとう　今日も俺と共に居てくれて

※※
まるで暗闇に指したひかり
ほらまた俺を照らす
君は暗闇に指したひかり
また俺を照らす

（※くり返し）

嘘の塗り重ね、そんな世界で
俺はまたもがいてる
もしも本音と建前があるならば
もう寄ってすら来ないで
君だけがいつも正しくて
比べれば誰もがやましくて
恥ずかしげもなく言ったセリフ
「安らぎをくれている」
そして俺たちは本当の愛を知ったね
静かに待つ結ばれるその日まで
あぁもうそれ無しじゃダメさ
全くもってありえない
あなたがいない世界は
ありがとう　今日も俺と共にいてくれて

（※※くり返し）

光

you are shining ×2
shiningdays

過ごした日々を
振り返る満たされていた日常
くれたね物語綴る意味を
もし生まれ変わってももう一度
君と生きよう道を
照らし出す ライカ サーチライト
指摘し修正してくれる間違いを
マジ最高 世界が否定をしても
ブラボーと歌おう

心配ないぜ俺には見えている未来
だからどうかならないで嫌い
これでもかってしてるぜ溺愛
君が居ればもう俺には敵なし
S極N極まるで磁石の様
離れないぜ 痛くとも
もう バイバイはしない
てゆーかできない
心の奥底でキラリ輝くひかり

(※※くり返し)

(※くり返し)

cry

for friends, for family, for me…
周りのことはもういい

だからもう心配ないよ
辛い顔してもいいんじゃないの
せめて俺の前で Oh Please cry
泣いてもいいよ
涙流すこと耐えないで
もう泣くことは止めないで

あの日々の記憶辿り
時戻すお前といた過去に
手を伸ばせばすぐ届いちゃう
狭い間取り けれどそれが楽しいね
二人寄り添って そのまま年とって
休みの日はまた何をしようって
考えてるその時間が
楽しすぎて待てず踏むじだんだ Ah

だが徐々に出てきたほころび
驚きも少なくなった頃に
ぶつける喜怒哀楽
感情的になれば互いにとって
きっとマイナス
わかってるが止まらん言葉の刃
傷つけていたのは確か
それでも笑ってる まるでマリア
同時に君失った涙

※
もう心配ないよ
辛い顔してもいいんじゃないの
せめて俺の前で Oh Please cry
泣いてもいいよ
涙流すこと耐えないで
もう泣くことは止めないで

Please

犯した罪の過ちが心を閉ざした
見えぬもう曇り空しか
その温もり 俺の心溶かした
気づきゃいつだってそばには
お前は居てくれたね
辛いときに差し出してくれた手
握り締めたい？離したい？
葛藤の中笑うお前 馬鹿みたいに

いつだって周り気遣って
無理してるように見せず気配ってる
また全部一人で背負い込んで
心奥深くに迷い込んでる もう
いつから閉じ込めた涙 自ら
「いつまた？」って不安
でも見るから 聞くから
お前の全て受け止める俺が居るから

（※くり返し）

Please cry baby oh
もう泣いていいよ
Please cry baby oh
もう泣いていいよ

大きく開いた花びら
他のどれとも違う色 形は
光と水を浴び育った
人の目引き多くの愛をもらった
次第に変わる時と環境
首もたげ持ち始めた不安を
何故かうまく上を向けない
やがて迎えた冬 風が冷たい

花が枯れてく 声も絶えてく
流れる時が人を変えてく
「変わらなきゃ」変われない
萎んではどんな花瓶に入れても
飾れない
晒される雨の中で
思いは変わらずつぼみのままで
再び強く咲きたい 願った
地に張った根っこは残ったまんま

※
A flower may bloom again
カタチを変え 花は2度咲き誇るだろう
誰も見てない場所で前よりも
大きな花を咲かせるだろう

A flower may bloom again...

根を張る ここは道端
場所なんてどこでもいいから
綺麗に花壇 並べられた花
見ても俺は ここ離れられない
離れたくない 産まれた場所
他の誰かと比べたらもう
負けだよ 場所に誇りを持つ
抱け 生きた証をここに残す 刻め

FLOWER BLOOM

何を恐れる 何を怯える
下を向いては花は閉じてく
見せたくない姿 なんてみじめ
萎む時もある だって生きてる
作られた花はイミテーション
俺たちは違う 日々成長
喜びも痛みも知り
咲き誇る花はかくも美しい

（※くり返し）

once 何も考えずひたすら花 開く事に夢中で
twice 風と雨に恐れを感じ 抗う術を知る
3times 迷いの中 見渡した周り 俺は一人じゃない
4times 水も光も分け合える仲間が側にいる
A flower will bloom again
終わりと思ってたのは通過点
A flower will bloom again
誰もが持つ可能性 who's the next?
A flower will bloom again
夢叶う確率など数％
それでも I wanna bloom again
大きく息を吐いては吸うだけ

（※くり返し）

鼓動

君は今何を思っているの
この声は君に聞こえているの
近づき話しかける毎日
優しくそっと触れる 大事に
どんな顔をしているんだろうって
なぁどっちに似ているんだろうって
想像を膨らましては
二人おかしく笑い合ってた

時に動く君の反応に
たえず驚いては 感動し
会える日までの段取り進め
待ちわびてる君の誕生日
日々膨らむ 僕らの希望
顔もはっきり知らない なのにもう
そこにある命に全てを捧げるくらい愛しい

※
この手の平に伝わる鼓動　まだ見ぬ
君が愛しい 愛しい こんなにも
かすかに聞こえる　その音その生命に
愛を与えよう 与えよう 与えよう 与えよう

君を支えるその体は
君と同じくらい僕の宝さ
不自由もある もちろん楽じゃない
だけど不思議と全然苦じゃない
自分以外の誰かの為に
味わう痛みを受けたダメージ
まるでここにいるよって
これは君からのサインと思ってる

どんな服を着せよう　どれがいい
あれもこれもそれも　持てない
先の先の話なのにもう
揃えすぎるくらいに楽しいよ
口癖の様にまだかな？
俺らもちょっと大人にならなきゃ
決めた名前も文字もあとは
ただ待つ　会えるその時を

（※くり返し）

怖くないと言えば嘘になる
それでも日々は動き出す
はやくおいで　見せてあげたい
希望に満ちあふれたこの世界を

この手の平に伝わる鼓動　少しずつ
声に変わる「私はここだよ」って
確かに聞こえる　その音その命に
愛を与えよう　与えよう　与えよう　与えよう

この手の平に伝わる鼓動　今見る
君が愛しい　愛しい　こんなにも
はっきり聞こえる　その声その息吹に
愛を与えよう　与えよう　与えよう　与えよう

校舎の窓の外 落ちてく雪を眺めた
俺らしかいない駐車場走り回っては
冷たい雪も暖かく感じてた
赤く手腫らし　無我夢中に
飽きるまで続けた遊戯

聞こえないチャイム 永遠の休み時間
感覚のない 手足を震わせて
このままずっとずっとこの時が続けばいい
白い地面に残る足跡

※
雪が溶けて俺たちは離れてくけど
時は巻き戻せない
やがて桃色に染まるだろう
あの木の下でまた会おう

YUKIDOKE

見てはいけないもの 聴いてはいけない事
全て知りたくて その度 怒られて
車とかタバコとか大人の仕草
何もかもかっこよく見えて真似をした

全て共有した 痛みも喜びも

色褪せない アルバムに残ってる
2 人乗り自転車でどこまでも
轍を残して行ける気がした

(※くり返し)

俺たちは謳う 歌詞の意味なんて
わからないまま 酔いしれていた

遠く離れた場所から君を想う「負けるな」と
思い出す 一人座っていた日に手を貸してくれたね

陽が早く沈んでゆく ほらあっという間に
雪の地平に隠れる淡い光
ゆっくりと歩いてく帰り道 あと幾つの別れを惜しむ様に

Hilcrhyme

Discography&Biography

2009.7.15 1st Single
純也と真菜実

［初回限定盤］

［通常盤］

2009.7.25 Hilcrhyme LIVE 2009「NEXSTAGE」
@新潟LOTS

2009.9.15 Hilcrhyme LIVE 2009
@Shibuya O-WEST

2009.9.30 2nd Single
春夏秋冬

2009.12.2 3rd Single
もうバイバイ

2009.12.27 Hilcrhyme LIVE 2009 FINAL@新潟LOTS

2010.1.13 1st Album
リサイタル

［初回限定盤］

［通常盤］

2010.1.17 「リサイタル」発売記念イベント
@万代シテイパーク

2010.2.28 ～ 4.29 Hilcrhyme TOUR 2010「リサイタル」全5公演

2010.4.28 4th Single
大丈夫

2010.5.4 ～ 6.30 Hilcrhyme TOUR 2010「リサイタル ～アンコール～」
全14公演

2010.6.2 5th Single
ルーズリーフ

2010.6.2 1st Live DVD
Hilcrhyme TOUR 2010「リサイタル」

2010.7.19 Hilcrhyme デビュー1周年記念イベント「亜熱帯」
@渋谷WOMB

2010.9.22 6th Single
トラヴェルマシン

2010.11.24　2nd Album

MESSAGE

［初回限定盤］

［通常盤］

2011.1.9 ～ 6.13　Hilcrhyme MESSAGE TOUR 2011
全22公演

2011.2.23　7th Single

臆病な狼

［初回限定盤］

［通常盤］

2011.2.23　1st Music Video 集

Hilcrhyme Theater vol.1

2011.6.29　8th Single

no one

2011.8.10　2nd Live DVD

Hilcrhyme MESSAGE TOUR 2011

2011.8.13　アリーナワンマンライブ
「Hilcrhyme Live in TOKI MESSE -朱ノ鷺-」
@朱鷺メッセ・新潟コンベンションセンター

2011.9.7　9th Single

パーソナル COLOR

［初回限定盤］

［通常盤］

2011.11.12 ～ 11.26　「Hilcrhyme Zepp TOUR 2011 続-朱ノ鷺-」
全3公演

2011.12.7　3rd Album

RISING

［初回限定盤］

［通常盤］

2011.12.7　3rd Live DVD

Hilcrhyme Live in TOKI MESSE　ー朱ノ鷺ー

2012.1.9 ～ 4.8　「Hilcrhyme RISING TOUR 2012」全25公演

2012.4.25　Best Album

Best of Hilcrhyme ～ BEST RAP ～

2012.4.25　Best Album

Best of Hilcrhyme ～ GOLD ～

2012.4.25　Best Album

Best of Hilcrhyme ～ SILVER ～

2012.6.27 10th Single
蛍

2012.6.27 4th Live DVD
RISING TOUR 2012

2012.9.12 11th Single
ジグソーパズル

2012.11.7 12th Single
Kaleidoscope

2012.11.28 4th Album
LIKE A NOVEL

［初回限定盤］

［通常盤］

2013.1.12～3.30 HILCRHYME TOUR 2013 “LIVE A NOVEL”
全24公演

2013.1.23 13th Single
想送歌

2013.4.7 HILCRHYME TOUR 2013 “LIVE A NOVEL”
追加公演@沖縄

2013.6.26 Concept Album
想送歌 ～ Mellow of Hilcrhyme ～

2013.7.10 14th Single
NEW DAY,NEW WORLD

［初回限定盤］

［通常盤］

2013.7.10 5th Live DVD
HILCRHYME TOUR 2013
“LIVE A NOVEL”

［初回限定盤］

［通常盤］

2013.10.6～11.3 Hilcrhyme TOUR NDNW -NEW DAY,NEW WORLD- 全3公演

2013.12.22 ナオプラン祭2013@新潟LOTS

2013.12.23 ★Hilcrhyme Live Mellow Christmas 2013★@北方文化博物館

2014.1.29 15th Single
エール / Lost love song

［初回限定盤］

［通常盤］

2014.2.26　5th Album
FIVE ZERO ONE

【初回限定盤】

【通常盤】

2014.2.26　Music Video 集
Hilcrhyme Theater vol.2

2014.4.2　Mix CD
BOOST UP!
～ Hilcrhyme Non-Stop MIX vol.1 ～
Mixed by DJ KATSU

2014.4.6 ～ 5.27　Hilcrhyme TOUR 2014 “FIVE ZERO ONE” 全15公演

2014.7.15　Hilcrhyme 5th Anniversary Premium Live at NIIGATA LOTS

2014.8.13　16th Single
FLOWER BLOOM

【初回限定盤】

【通常盤】

2014.9.6　Hilcrhyme in 日本武道館 ～Junction～

2014.12.24　ヒルクライム5周年×サンリオピューロランドプレ25周年イベント
X'mas Party in サンリオピューロランド

2014.12.24　6th Live DVD
Hilcrhyme in 日本武道館～ Junction ～

2014.12.28　ナオプラン祭2014@新潟LOTS

2015.1.12 ～ 3.15　Hilcrhyme TOUR 2015「イッタコトナイ。」全18公演

2015.02.25　17th Single
YUKIDOKE

【初回限定盤】

【通常盤】

2015.3.25　6th Album
REVIVAL

【初回限定盤】

【通常盤】

2015.3.29 ～ 5.17　Hilcrhyme Tour 2015 REVIVAL 全16公演

Hilcrhyme（ヒルクライム）

TOC（トク）：1981 年 10 月 4 日、新潟県生まれ。DJ KATSU（カツ）：1979 年 11 月 17 日、新潟県生まれ。2001 年、DJ KATSU が主催するイベント「熱帯夜」に、TOC が MC として参加。これが二人の最初の出会い。その後 2005 年、Hilcrhyme として活動開始。2009 年 7 月、メジャーデビュー。同年、第 51 回日本レコード大賞新人賞、第 42 回日本有線大賞新人賞受賞。2010 年、第 24 回日本ゴールドディスク大賞ニュー・アーティスト・オブ・ザ・イヤー、レコチョク各賞などを受賞。ディスコグラフィー、活動の軌跡は巻末参照。

オフィシャルサイト http://www.hilcrhyme.com

装丁……………………………萩原弦一郎、橋本雪（デジカル）
組版……………………………玉造能之（デジカル）
インタビュー・構成……高岡洋詞

編集・協力…………………有限会社ナオプラン

Hilcrhyme詩集　RAPと抒情

発行日❖2015 年 3 月 31 日　初版第 1 刷
　　　　　4 月 30 日　　第 2 刷

著者
Hilcrhyme

発行者
杉山尚次

発行所
株式会社言視舎
東京都千代田区富士見 2-2-2　〒 102-0071
電話 03-3234-5997　FAX 03-3234-5957
http://www.s-pn.jp/

印刷・製本
モリモト印刷㈱

ISBN978-4-86565-015-0 C0073
JASRAC 1502402-501